Sammlung Luchterhand 455

Christa Wolf

Kassandra

Erzählung

Luchterhand

Sammlung Luchterhand, März 1986
5. Auflage, September 1987
Lektorat: Ingrid Krüger
Umschlagmotiv: Löwentor von Mykene
Foto: Institut für Denkmalpflege, Berlin/DDR
Herstellung: Ralf-Ingo Steimer
© 1983, 1986 by Hermann Luchterhand Verlag GmbH & Co KG,
Darmstadt und Neuwied
Alle Rechte für die Bundesrepublik Deutschland, West-Berlin,
Österreich und die Schweiz beim Hermann Luchterhand Verlag,
Darmstadt und Neuwied
Gesamtherstellung bei der
Druck- und Verlags-Gesellschaft mbH, Darmstadt
ISBN 3-472-61455-2

Schon wieder schüttelt mich der glieder-
lösende Eros,
bittersüß, unbezähmbar, ein dunkles Tier.
Sappho

Hier war es. Da stand sie. Diese steinernen Löwen, jetzt
kopflos, haben sie angeblickt. Diese Festung, einst uneinnehmbar, ein Steinhaufen jetzt, war das letzte, was sie sah.
Ein lange vergessener Feind und die Jahrhunderte, Sonne,
Regen, Wind haben sie geschleift. Unverändert der Himmel, ein tiefblauer Block, hoch, weit. Nah die zyklopisch
gefügten Mauern, heute wie gestern, die dem Weg die
Richtung geben: zum Tor hin, unter dem kein Blut hervor-
quillt. Ins Finstere. Ins Schlachthaus. Und allein.
Mit der Erzählung geh ich in den Tod.
Hier ende ich, ohnmächtig, und nichts, nichts was ich hätte
tun oder lassen, wollen oder denken können, hätte mich an
ein andres Ziel geführt. Tiefer als von jeder andren Regung,
tiefer selbst als von meiner Angst, bin ich durchtränkt,
geätzt, vergiftet von der Gleichgültigkeit der Außerirdi-
schen gegenüber uns Irdischen. Gescheitert das Wagnis,
ihrer Eiseskälte unsre kleine Wärme entgegenzusetzen.
Vergeblich versuchen wir, uns ihren Gewalttaten zu entziehn, ich weiß es seit langem. Doch neulich nachts, auf der
Überfahrt, als aus jeder Himmelsrichtung die Wetter unser
Schiff zu zerschmettern drohten; niemand sich hielt, der
nicht festgezurrt war; als ich Marpessa traf, wie sie heimlich
die Knoten löste, die sie und die Zwillinge aneinander und
an den Mastbaum fesselten; als ich, an längerer Leine
hängend als die anderen Verschleppten, bedenkenlos, ge-
dankenlos mich auf sie warf; sie also hinderte, ihr und
meiner Kinder Leben den gleichgültigen Elementen zu

lassen, und sie statt dessen wahnwitzigen Menschen über-
antwortete; als ich, vor ihrem Blick zurückweichend, wieder
auf meinem Platz neben dem wimmernden, speienden
Agamemnon hockte – da mußte ich mich fragen, aus was für
dauerhaftem Stoff die Stricke sind, die uns ans Leben
binden. Marpessa, sah ich, die, wie einmal schon, mit mir
nicht sprechen wollte, war besser vorbereitet, auf was wir
nun erfahren, als ich, die Seherin; denn ich zog Lust aus
allem, was ich sah – Lust; Hoffnung nicht! – und lebte
weiter, um zu sehn.

Merkwürdig, wie eines jeden Menschen Waffen – Marpessas Schweigen, Agamemnons Toben – stets die gleichen
bleiben müssen. Ich freilich hab allmählich meine Waffen
abgelegt, das wars, was an Veränderung mir möglich war.

Warum wollte ich die Sehergabe unbedingt?

Mit meiner Stimme sprechen: das Äußerste. Mehr, andres
hab ich nicht gewollt. Zur Not könnt ich es beweisen, doch
wem? Dem fremden Volk, das, frech und scheu zugleich,
den Wagen umsteht? Ein Grund zu lachen, gäbe es den
noch: Mein Hang, mich zu rechtfertigen, sollte sich, so kurz
vor mir selbst, erledigt haben.

Marpessa schweigt. Die Kinder will ich nicht mehr sehn. Sie
hält sie unter dem Tuch vor mir versteckt.

Der gleiche Himmel über Mykenae wie über Troia, nur leer.
Emailleschimmernd, unzugänglich, blankgefegt. Etwas in
mir entspricht der Himmelsleere über dem feindlichen
Land. Noch alles, was mir widerfahren ist, hat in mir seine
Entsprechung gefunden. Es ist das Geheimnis, das mich
umklammert und zusammenhält, mit keinem Menschen
habe ich darüber reden können. Hier erst, am äußersten
Rand meines Lebens, kann ich es bei mir selber benennen:
Da von jedem etwas in mir ist, habe ich zu keinem ganz
gehört, und noch ihren Haß auf mich hab ich verstanden.

Einmal, »früher«, ja, das ist das Zauberwort, hab ich in Andeutungen und halben Sätzen mit Myrine darüber sprechen wollen – nicht, um mir Erleichterung zu verschaffen, die gab es nicht. Sondern weil ich es ihr schuldig zu sein glaubte. Troias Ende war abzusehen, wir waren verloren. Aineias mit seinen Leuten hatte sich abgesetzt. Myrine verachtete ihn. Und ich versuchte ihr zu sagen, daß ich Aineias – nein, nicht nur verstand: erkannte. Als sei ich er. Als kauerte ich in ihm, speiste mit meinen Gedanken seine verräterischen Entschlüsse. »Verräterisch« sagte Myrine, die zornig mit der Axt auf das kleine Gebüsch im Graben um die Zitadelle einschlug, mir nicht zuhörte, mich vielleicht gar nicht verstand, denn seit ich im Korb gefangen gesessen, sprech ich leise. Die Stimme ist es nicht, wie alle meinten, die hatte nicht gelitten. Es ist der Ton. Der Ton der Verkündigung ist dahin. Glücklicherweise dahin.

Myrine schrie. Seltsam, daß ich, selbst noch nicht alt, von beinahe jedem, den ich gekannt, in der Vergangenheitsform reden muß. Nicht von Aineias, nein. Aineias lebt. Aber muß ein Mann, der lebt, wenn alle Männer sterben, ein Feigling sein? War es mehr als Politik, daß er, anstatt die Letzten in den Tod zu führen, sich mit ihnen auf den Berg Ida, in heimatliches Gelände, zurückzog? Ein paar müssen doch übrigbleiben – Myrine bestritt es –: warum nicht zuallererst Aineias und seine Leute.

Warum nicht ich, mit ihm? Die Frage stellte sich nicht. Er, der sie mir stellen wollte, hat sie zuletzt zurückgenommen. Wie ich, leider, unterdrücken mußte, was ich ihm jetzt erst hätte sagen können. Wofür ich, um es wenigstens zu denken, am Leben blieb. Am Leben bleibe, die wenigen Stunden. Nicht nach dem Dolch verlange, den, wie ich weiß, Marpessa bei sich führt. Den sie mir vorhin, als wir die Frau, die Königin gesehen hatten, nur mit den Augen angeboten hat. Den ich, nur mit den Augen, abgelehnt. Wer kennt mich besser als Marpessa? Niemand mehr. Die Sonne hat den Mittag überschritten. Was ich begreifen werde, bis es Abend wird, das geht mit mir zugrund. Geht es zugrund? Lebt der Gedanke, einmal in der Welt, in einem andern fort? In unserm wackern Wagenlenker, dem wir lästig sind?

Sie lacht, hör ich die Weiber sagen, die nicht wissen, daß ich ihre Sprache sprech. Schaudernd ziehn sie sich von mir zurück, überall das gleiche. Myrine, die mich lächeln sah, als ich von Aineias sprach, schrie: Unbelehrbar, das sei ich. Ich legte meine Hand in ihren Nacken, bis sie schwieg und wir beide, von der Mauer neben dem Skäischen Tor, die Sonne ins Meer tauchen sahn. So standen wir zum letzten Mal beisammen, wir wußten es.

Ich mache die Schmerzprobe. Wie der Arzt, um zu prüfen, ob es abgestorben ist, ein Glied anstich, so stech ich mein Gedächtnis an. Vielleicht daß der Schmerz stirbt, eh wir sterben. Das, wär es so, müßte man weitersagen, doch wem? Hier spricht keiner meine Sprache, der nicht mit mir stirbt. Ich mache die Schmerzprobe und denk an die Abschiede, jeder war anders. Am Ende erkannten wir uns daran, ob wir wußten, daß es an den Abschied ging. Manchmal hoben wir nur leicht die Hand. Manchmal umarmten wir uns. Aineias und ich, wir haben uns nicht mehr berührt. Unendlich lange, scheint mir, waren seine Augen über mir, deren Farbe ich nicht ergründen konnte. Manchmal sprachen wir noch, wie ich mit Myrine sprach, damit der Name endlich genannt wurde, den wir so lange beschwiegen hatten: Penthesilea.

Wie ich sie, Myrine, vor drei, vier Jahren an der Seite der Penthesilea mit ihrer geharnischten Schar durch dieses Tor hatte einziehn sehn. Wie der Ansturm unvereinbarer Empfindungen – Erstaunen, Rührung, Bewunderung, Entsetzen, Verlegenheit und, ja, eben auch eine infame Erheiterung – sich in einem Lachkrampf Luft machte, der mich selbst peinigte und den mir Penthesilea, empfindlich wie sie war, niemals verzeihen konnte, Myrine bestätigte es mir. Sie war verletzt. Dies und nichts andres sei die Ursache für die Kälte gewesen, die sie mir zeigte. Und ich gestand Myrine, meine Versöhnungsangebote waren halbherzig; obwohl ich doch wußte, Penthesilea würde fallen. Woher! fragte Myrine mich mit einem Anflug ihrer früheren Heftigkeit, aber ich war nicht mehr eifersüchtig auf Penthesilea. Tote sind nicht eifersüchtig aufeinander. Sie fiel, weil sie fallen wollte. Oder weshalb glaubst du, kam sie nach Troia? Und ich hatte Grund, sie genau zu beobachten, da sah ich es. Myrine schwieg. Mehr als alles an ihr hatte mich immer ihr Haß auf meine Voraussagen entzückt, die ich ja niemals aussprach, wenn sie dabei war, doch eilfertig hat man sie immer unterrichtet, auch von meiner beiläufig einmal erwähnten Gewißheit, ich würde getötet werden, die sie mir, anders als die anderen, nicht durchgehn ließ. Woher ich mir das Recht auf solche Sprüche nähme. Ich antwortete nicht, schloß die Augen, vor Glück. Endlich nach so langer Zeit wieder mein Körper. Wieder der heiße Stich durch mein Inneres. Wieder die Schwäche für einen Menschen, ganz. Wie sie mich anging. Sie habe mir nicht gelegen, Penthesilea, die männermordende Kämpferin. Wie? Ob ich denn glaubte, sie, Myrine, hätte weniger Männer umgebracht als ihre Heerführerin? Nicht eher mehr, nach Penthesileas Tod, um sie zu rächen?

Ja mein Pferdchen, aber das war etwas andres.

Das war dein geballter Trotz und deine flammende Trauer um Penthesilea, die ich, was denkst du denn, verstand. Da war ihre tief verkrochene Scheu, ihre Furcht vor Berührung, die ich niemals verletzte, bis ich ihre blonde Mähne um meine Hand wickeln durfte und so erfuhr, wie mächtig die Lust gewesen war, die ich lange schon darauf gehabt. Dein Lächeln in der Minute meines Todes, dacht ich, und hatte, da ich mich keiner Zärtlichkeit mehr enthielt, für lange den Schrecken hinter mir. Jetzt kommt er dunkel wieder auf mich zu.

Myrine ist mir ins Blut gegangen, im gleichen Augenblick, da ich sie sah, hell und kühn und in Leidenschaft brennend neben der dunklen sich selbst verzehrenden Penthesilea. Ob sie mir Freude oder Leid brachte, loslassen konnte ich sie nicht, aber sie jetzt neben mir zu haben, wünsch ich nicht. Freudig sah ich sie, ein Weib, als einzige sich bewaffnen, als die Männer von Troia gegen meinen Einspruch das Pferd der Griechen in die Stadt holten; bestärkte sie in ihrem Entschluß, bei dem Untier zu wachen, ich mit ihr, unbewaffnet. Freudig, wieder in diesem verkehrten Sinn, sah ich sie sich auf den ersten Griechen stürzen, der dem hölzernen Roß gegen Mitternacht entstieg; freudig, ja: freudig! sie fallen und sterben unter einem einzigen Streich. Mich, da ich lachte, schonte man, wie man den Wahnsinn schont.

Ich hatte noch nicht genug gesehn.

Ich will nicht mehr sprechen. Alle Eitelkeiten und Gewohnheiten sind ausgebrannt, verödet die Stellen in meinem Gemüt, von wo sie nachwachsen könnten. Mitleid mit mir hab ich nicht mehr als mit anderen. Beweisen will ich nichts mehr. Das Lachen dieser Königin, als Agamemnon auf den roten Teppich trat, ging über jeden Beweis.

Wer wird, und wann, die Sprache wiederfinden.

Einer, dem ein Schmerz den Schädel spaltet, wird es sein. Und bis dahin, bis zu ihm hin, nur das Gebrüll und der Befehl und das Gewinsel und das Jawohl der Gehorchenden. Die Ohnmacht der Sieger, die stumm, einander meinen

Namen weitersagend, das Gefährt umstreichen. Greise, Frauen, Kinder. Über die Gräßlichkeit des Sieges. Über seine Folgen, die ich schon jetzt in ihren blinden Augen seh. Mit Blindheit geschlagen, ja. Alles, was sie wissen müssen, wird sich vor ihren Augen abspielen, und sie werden nichts sehen. So ist es eben.

Jetzt kann ich brauchen, was ich lebenslang geübt: meine Gefühle durch Denken besiegen. Die Liebe früher, jetzt die Angst. Die sprang mich an, als der Wagen, den die müden Pferde langsam den Berg heraufgeschleppt hatten, zwischen den düsteren Mauern zum Halten kam. Vor diesem letzten Tor. Als der Himmel aufriß und Sonne auf die steinernen Löwen fiel, die über mich und alles hinwegsahn und immer hinwegsehn werden. Angst kenn ich ja, doch dies ist etwas andres. Vielleicht kommt es in mir zum erstenmal vor, nur um gleich wieder erschlagen zu werden. Jetzt wird der Kern geschliffen.

Jetzt ist meine Neugier, auch auf mich gerichtet, gänzlich frei. Als ich dies erkannte, schrie ich laut, auf der Überfahrt, ich, wie alle, elend, vom Seegang durchgewalkt, naß bis auf die Haut vom überspritzenden Gischt, belästigt vom Geheul und den Ausdünstungen der anderen Troerinnen, mir nicht wohlgesonnen, denn immer wußten alle, wer ich bin. Nie war es mir vergönnt, in ihrer Menge unterzutauchen, zu spät hab ich es mir gewünscht, zu viel hab ich, in meinem früheren Leben, dazu getan, gekannt zu sein. Auch Selbstvorwürfe hindern die wichtigen Fragen, sich zu sammeln. Jetzt wuchs die Frage, wie die Frucht in der Schale, und als sie sich ablöste und vor mir stand, schrie ich laut, vor Schmerz oder Wonne.

Warum wollte ich die Sehergabe unbedingt?

Es traf sich, daß der König Agamemnon, der »sehr Entschlossene« (Götter!), mich in jener Sturmnacht aus dem

Knäuel der andern Leiber riß, mein Schrei damit zusammenfiel, andere Deutung nicht brauchte. Ich, ich sei es gewesen, schrie er mich an, besinnungslos vor Angst, die Poseidon gegen ihn aufgehetzt habe. Habe er dem Gott nicht drei seiner besten Pferde vor der Überfahrt geopfert? Und Athene? sagte ich kalt. Was hast du ihr geopfert? Ich sah ihn blaß werden. Alle Männer sind ichbezogene Kinder. (Aineias? Unsinn. Aineias ist ein erwachsener Mensch.) Spott? In den Augen einer Frau? Das ertragen sie nicht. Der Siegerkönig hätte mich erschlagen – und das war es, was ich wollte –, hätte er nicht auch vor mir noch Angst gehabt. Immer hat dieser Mensch mich für eine Zauberin gehalten. Ich sollte Poseidon beschwichtigen! Er stieß mich an den Bug, riß mir die Arme hoch zu der Gebärde, die er für passend hielt. Ich bewegte die Lippen. Du armer Wicht, was scherts dich, ob du hier ertrinkst oder zu Hause erschlagen wirst?

Wenn Klytaimnestra war, wie ich sie mir vorstellte, konnte sie mit diesem Nichts den Thron nicht teilen. – Sie ist, wie ich sie mir vorstellte. Dazu noch haßerfüllt. Als er sie noch beherrschte, mag es der Schwächling, wie sie es alle tun, wüst genug mit ihr getrieben haben. Da ich nicht nur die Männer, sondern, was schwieriger ist, auch die Frauen kenne, weiß ich, mich kann die Königin nicht schonen. Mit Blicken hat sie es mir vorhin gesagt.

Mein Haß kam mir abhanden, wann? Er fehlt mir doch, mein praller saftiger Haß. Ein Name, ich weiß es, könnte ihn wecken, aber ich laß den Namen lieber jetzt noch ungedacht. Wenn ich das könnte. Wenn ich den Namen tilgen könnte, nicht nur aus meinem, aus dem Gedächtnis aller Menschen, die am Leben bleiben. Wenn ich ihn ausbrennen könnte aus unsren Köpfen – ich hätte nicht umsonst gelebt. Achill.

Die Mutter hätte mir jetzt nicht einfallen dürfen, Hekabe, auf anderen Schiffen zu anderen Ufern mit Odysseus unterwegs. Wer kann für seine Einfälle. Ihr irres Gesicht, als sie sie wegrissen. Ihr Mund. Der gräßlichste Fluch, der, seit es Menschen gibt, ausgestoßen wurde, gilt den Griechen, und meine Mutter Hekabe hat ihn über sie verhängt. Sie wird recht behalten, man muß nur warten können. Ihr Fluch werde sich erfüllen, rief ich ihr zu. Da war mein Name, ein Triumphschrei, ihr letztes Wort. Als ich das Schiff betrat, war alles in mir stumm.

Nachts hat der Sturm sich, als ich ihn »beschworen«, bald gelegt, nicht nur die Mitgefangenen, auch die Griechen, selbst die rohen gierigen Ruderknechte rückten scheu und ehrerbietig von mir ab. Dem Agamemnon sagt ich, ich verlöre meine Kraft, wenn er mich in sein Bett zwänge. Er ließ mich. Seine Kraft war lange schon dahin, das Mädchen, das das letzte Jahr mit ihm im Zelt gewohnt, verriet es mir. Für diesen Fall – Verrat seines unsagbaren Geheimnisses – hatte er ihr angedroht, sie unter Vorwand von den Truppen steinigen zu lassen. Da begriff ich auf einmal seine ausgesuchte Grausamkeit im Kampf, wie ich begriff, daß er um so tiefer verstummte, je näher wir, von Nauplion her, auf der langen staubigen Straße durch die Ebene über Argos schließlich seiner Zitadelle kamen: Mykenae. Zu seinem Weib, dem er nie Grund gegeben, mit ihm Erbarmen zu haben, falls er Schwäche zeigte. Wer weiß, aus welcher Not sie ihn, wenn sie ihn mordet, reißt.

O daß sie nicht zu leben verstehn. Daß dies das wirkliche Unglück, die eigentlich tödliche Gefahr ist – nur ganz allmählich hab ich es verstanden. Ich Seherin! Priamostochter. Wie lange blind gegen das Naheliegende: daß ich zu wählen hatte zwischen meiner Herkunft und dem Amt. Wie lange voll Furcht vor dem Schauder, den ich, wenn ich unbedingt war, bei meinen Leuten wachrüfen mußte. Der ist mir nun über das Meer vorausgeeilt. Die Leute hier – naiv, wenn ich sie mit den Troern vergleiche; sie haben den Krieg nicht erlebt – zeigen ihre Gefühle, betasten den Wagen; die fremden Gegenstände; Beutewaffen; auch die Pferde. Mich nicht. Der Wagenlenker, der sich seiner Landsleute zu schämen scheint, hat ihnen meinen Namen genannt. Da sah ich, was ich gewöhnt bin: ihren Schauder. Die Besten, sagt der Wagenlenker, seien es allemal nicht, die zu Hause blieben. Die Frauen nähern sich wieder. Ungeniert schätzen sie mich ab, spähen unter das Tuch, das ich mir über Kopf und Schultern gezogen habe. Sie streiten sich, ob ich schön sei; die Älteren behaupten es, die Jüngeren leugnen es ab.

Schön? Ich, die Schreckliche. Ich, die wollte, daß Troia untergeht.

Das Gerücht, das Meere überwindet, wird mir auch in der Zeit vorauseilen. Panthoos der Grieche wird recht behalten. Aber du lügst ja, meine Liebe, sagte er mir, wenn wir am Schrein des Apollon die vorgeschriebenen Handgriffe taten, die Zeremonie vorzubereiten: Du lügst, wenn du uns allen den Untergang prophezeist. Aus unserm Untergang holst du dir, indem du ihn verkündest, deine Dauer. Die brauchst du dringlicher als das bißchen Nestglück jetzt. Dein Name wird bleiben. Und das weißt du auch.

Zum zweitenmal konnte ich ihm nicht ins Gesicht schlagen. Panthoos war eifersüchtig, und er war boshaft und scharfzüngig. Hatte er auch recht? Jedenfalls lehrte er mich das Unerhörte denken: Die Welt könnte nach unserem Untergange weitergehn. Ich zeigte ihm nicht, wie es mich erschütterte. Warum hatte ich nur die Vorstellung zugelassen, mit unserm Geschlecht lösche die Menschheit aus? Wußte ich denn nicht, wie immer die Sklavinnen des besiegten Stamms

die Fruchtbarkeit der Sieger mehren mußten? Wars Über-
heblichkeit der Königstochter, daß ich nicht anders konnte
als sie alle, alle Troerinnen – die Troer sowieso – in unseres
Hauses Tod hineinzuziehn? Erst spät, und mühsam, lernte
ich die Eigenschaften, die man an sich kennt, von jenen
unterscheiden, die angeboren sind und fast nicht zu erkennen. Umgänglich, bescheiden, anspruchslos sein – das gehörte zu dem Bild, das ich mir von mir selber machte und das
sich aus jeder Katastrophe beinah unversehrt erhob. Mehr
noch: Wenn es sich erhoben, lag die Katastrophe hinter mir.
Habe ich etwa, um mein Selbstgefühl zu retten – denn
aufrecht, stolz und wahrheitsliebend sein gehörte auch zu
diesem Bild von mir –, das Selbstgefühl der Meinen allzu
stark verletzt? Habe ich ihnen, unbeugsam die Wahrheit
sagend, Verletzungen heimgezahlt, die sie mir beigebracht?
Dies, glaube ich, hat Panthoos der Grieche doch von mir
gedacht. Er kannte sich, ertrug sich, wie ich spät bemerkte,
schwer und suchte sich zu helfen, indem er für jede Handlung oder Unterlassung einen einzigen Grund nur zuließ:
Eigenliebe. Zu tief war er von der Idee durchdrungen, die
Einrichtung der Welt verbiete es, zugleich sich selbst und
anderen zu nützen. Nie, niemals wurde seine Einsamkeit
durchbrochen. Doch hatte er kein Recht, das weiß ich
heute, mich ihm ähnlich oder gleich zu finden. Am Anfang,
ja, mag sein, wenn auch nur in diesem einen Punkt, den
Marpessa Hochmut nannte. Das Glück, ich selbst zu werden
und dadurch den andern nützlicher – ich hab es noch erlebt.
Ich weiß auch, daß nur wenige es bemerken, wenn man sich
verändert. Hekabe die Mutter hat mich früh erkannt und
sich nicht weiter um mich gekümmert. Dies Kind braucht
mich nicht, hat sie gesagt. Dafür hab ich sie bewundert und
gehaßt. Priamos der Vater brauchte mich.
Wenn ich mich umdreh, seh ich Marpessa, die lächelt. Seit

es ernst wird, seh ich sie fast nur noch lächeln. Die Kinder, Marpessa, werden nicht davonkommen, es sind die meinen. Du, denk ich, ja. – Ich weiß, sagt sie. – Sie sagt nicht, ob sie davonkommen will oder nicht. Die Kinder wird man ihr wegreißen müssen. Vielleicht wird man ihr die Arme brechen müssen. Nicht, weil es meine – weil es Kinder sind. – Zuerst bin ich dran, Marpessa. Gleich nach dem König. – Marpessa antwortet mir: Ich weiß. – Dein Hochmut, Marpessa, stellt noch den meinen in den Schatten. – Und sie, lächelnd, erwidert: So muß es sein, Herrin.

Wie viele Jahre hat sie mich nicht mehr mit Herrin angeredet. Wohin sie mich geführt, bin ich nicht Herrin, nicht Priesterin gewesen. Daß ich dies erfahren durfte, macht mir das Sterben leichter. Leichter? Weiß ich, was ich sage?

Nie werde ich erfahren, ob diese Frau mich geliebt hat, um deren Neigung ich mich bewarb. Zuerst aus Gefallsucht, mag sein, etwas in mir hat früher danach verlangt zu gefallen. Später, weil ich sie kennen wollte. Da sie mir bis zur Selbstaufgabe diente, hat sie die Zurückhaltung wohl gebraucht.

Wenn die Angst abebbt, wie eben jetzt, fällt mir Fernliegendes ein. Warum haben die Gefangenen aus Mykenae ihr Löwentor noch gewaltiger beschrieben, als es mir erscheint? Warum schilderten sie die Zyklopenmauern ungeheurer, als sie sind, ihr Volk gewalttätiger und rachsüchtiger, als es ist? Gern und ausschweifend haben sie mir von ihrer Heimat erzählt, wie alle Gefangenen. Keiner hat mich je gefragt, warum ich so genaue Erkundigungen über das feindliche Land einzog. Und warum tat ich es denn, zu einer Zeit, als auch mir sicher schien, daß wir siegten? Da man den Feind schlagen, nicht aber kennen sollte? Was trieb mich, ihn zu kennen, da ich den Schock: Sie sind wie wir! für mich behalten mußte. Wollte ich wissen, wo ich sterben würde?

Dacht ich ans Sterben? War ich nicht triumphgeschwollen wie wir alle?

Wie schnell und gründlich man vergißt.

Der Krieg formt seine Leute. So, vom Krieg gemacht und zerschlagen, will ich sie nicht im Gedächtnis behalten. Dem Sänger, der noch bis zuletzt den Ruhm des Priamos sang, hab ich eins aufs Maul gegeben, würdeloser schmeichlerischer Wicht. Nein. Vergessen will ich den zerrütteten, verwahrlosten Vater nicht. Doch auch den König nicht, den ich als Kind über alle Menschen liebte. Der es nicht ganz genau nahm mit der Wirklichkeit. Der in Phantasiewelten leben konnte; nicht ganz scharf die Bedingungen ins Auge faßte, die seinen Staat zusammenhielten, auch die nicht, die ihn bedrohten. Das machte ihn nicht zum idealen König, doch war er der Mann der idealen Königin, das gab ihm Sonderrechte. Abend für Abend, ich seh ihn noch, ist er zur Mutter gegangen, die, häufig schwanger, in ihrem Megaron saß, auf ihrem hölzernen Lehnstuhl, der einem Thron sehr ähnlich sah und an den der König sich, liebenswürdig lächelnd, einen Hocker heranzog. Dies ist mein frühestes Bild, denn ich, Liebling des Vaters und an Politik interessiert wie keines meiner zahlreichen Geschwister, ich durfte bei ihnen sitzen und hören, was sie redeten, oft auf Priamos' Schoß, die Hand in seiner Schulterbeuge (die Stelle, die ich an Aineias am meisten liebe), die sehr verletzlich war und wo, ich sah es selbst, der Speer des Griechen ihn durchbohrte. Ich, der sich die Namen der fremden Fürsten, Könige und Städte, der Waren, mit denen wir handelten oder die wir auf unseren berühmten Schiffen durch den Hellespont beförderten, die Zahlen der Einnahmen und die Erörterung ihrer Verwendung mit dem strengen sauberen Geruch des Vaters für immer vermischten – Fürsten, die gefallen, Städte, die verarmt oder zerstört, Waren, die verdorben oder geraubt sind: Ich bin es gewesen, von allen seinen Kindern ich, die, wie der Vater meinte, unsre Stadt und ihn verraten hat.

Für alles auf der Welt nur noch die Vergangenheitssprache. Die Gegenwartssprache ist auf Wörter für diese düstre Festung eingeschrumpft. Die Zukunftssprache hat für mich nur diesen einen Satz: Ich werde heute noch erschlagen werden.

Was will der Mann. Spricht er zu mir? – Ich müsse doch Hunger haben. – Ich nicht, er hat Hunger, er will die Pferde einstellen und endlich in sein Haus kommen, zu seinen Leuten, die ihn ungeduldig umstehn. – Ich solle doch seiner Königin folgen. Ruhig in die Burg gehn, mit den beiden Wächtern, die zu meinem Schutz, nicht zur Bewachung auf mich warten. – Ich werde ihn erschrecken müssen. – Ja, sag ich ihm, ich geh. Nur jetzt noch nicht. Laß mich noch eine kleine Weile hier. Es ist nämlich, weißt du, sag ich ihm, und suche ihn zu schonen: Wenn ich durch dieses Tor gegangen bin, bin ich so gut wie tot.

Das alte Lied: Nicht die Untat, ihre Ankündigung macht die Menschen blaß, auch wütend, ich kenn es von mir selbst. Und daß wir lieber den bestrafen, der die Tat benennt, als den, der sie begeht: Da sind wir, wie in allem übrigen, alle gleich. Der Unterschied liegt darin, ob mans weiß.

Ich hab es schwer gelernt, weil ich, gewohnt, die Ausnahme zu sein, mich unter kein gemeinsames Dach mit allen zerren lassen wollte. Da schlug ich Panthoos, als er am Abend jenes Tags, an dem er mich zur Priesterin geweiht, mir sagte: Dein Pech, kleine Kassandra, daß du deines Vaters Lieblingstochter bist. Geeigneter, das weißt du, wäre Polyxena: Sie hat sich vorbereitet, du verläßt dich auf deinen Rückhalt bei ihm. Und, wie es scheint – ich fand sein Lächeln unverschämt, als er das sagte –, auch auf deine Träume.

Dafür schlug ich ihm ins Gesicht. Sein Blick durchfuhr mich, doch er sagte nur: Und jetzt verläßt du dich darauf, daß ich zwar der erste Priester, aber doch bloß ein Grieche bin.

Er traf die Wahrheit, doch nicht ganz und gar, denn weniger, als er sich vorstellen konnte, ließ ich mich von Berechnung leiten. (Auch unsre Berechnung wird, uns unbewußt, geleitet, ja, ich weiß!) Der Traum die Nacht zuvor kam ungerufen, und er hat mich sehr verstört. Daß es Apollon war, der zu mir kam, das sah ich gleich, trotz der entfernten Ähnlichkeit mit Panthoos, von der ich kaum hätte sagen können, worin sie bestand. Am ehesten im Ausdruck seiner Augen, die ich damals noch »grausam«, später, bei Panthoos – nie wieder sah ich Apoll! – nur »nüchtern« nannte. Apollon im Strahlenglanz, wie Panthoos ihn mich sehen lehrte. Der Sonnengott mit der Leier, blau, wenn auch grausam, die Augen, bronzefarben die Haut. Apollon, der Gott der Seher. Der wußte, was ich heiß begehrte: die Sehergabe, die er mir durch eine eigentlich beiläufige, ich wagte nicht zu fühlen: enttäuschende Geste verlieh, nur um sich mir dann als Mann zu nähern, wobei er sich – ich glaubte, allein durch meinen grauenvollen Schrek-ken – in einen Wolf verwandelte, der von Mäusen umgeben war und der mir wütend in den Mund spuckte, als er mich nicht überwältigen konnte. So daß ich beim entsetzten Erwachen einen unsagbar widerwärtigen Geschmack auf der Zunge spürte und mitten in der Nacht aus dem Tempel-bezirk, in dem zu schlafen ich zu jener Zeit verpflichtet war, in die Zitadelle, in den Palast, ins Zimmer, ins Bett der Mutter floh. Mir blieb der Augenblick kostbar, als Sorge um mich Hekabes Gesicht veränderte, aber sie hatte sich in der Gewalt. Ein Wolf, fragte sie kühl. Warum ein Wolf, wie kommst du darauf. Und woher die Mäuse. Wer sagt dir das.

Apollon Lykeios. Die Stimme Parthenas der Amme. Der Gott der Wölfe und der Mäuse, von dem sie dunkle Geschichten wußte, die sie mir zuraunte und die ich niemandem weitersagen durfte. Daß dieser zwiespältige Gott der gleiche sei wie unser unanfechtbarer Apoll im Tempel, das hätte ich nie gedacht. Nur Marpessa, Parthenas Tochter, mir gleichaltrig, wußte Bescheid und schwieg wie ich. Die Mutter bestand nicht darauf, daß ich Namen nannte, denn mehr noch als des Sonnengottes Wolfsgestalt beunruhigte sie meine Angst, mich mit ihm zu vereinigen.

Wenn sich ein Gott zu ihr legen wollte: War das nicht ehrenvoll für eine Sterbliche! Das war es. Und daß der Gott, zu dessen Dienst ich mich bestimmt, mich ganz besitzen wollte – war es nicht natürlich? Doch. Also. Was fehlte? – Nie, niemals hätte ich diesen Traum der Hekabe erzählen sollen! Sie blieb dabei, mich auszuforschen.

Hatte ich denn nicht im Jahr zuvor, kaum daß ich zum erstenmal geblutet hatte, mit den anderen Mädchen im Tempelbezirk der Athene gesessen – sitzen müssen! dacht ich wie damals, und wie im Jahr zuvor zog meine Kopfhaut sich vor grauenvoller Scham zusammen –, und war nicht alles seinen vorbestimmten Gang gegangen? Die Zypresse, unter der ich saß, könnte ich noch bezeichnen, falls die Griechen sie nicht angezündet haben, die Form der Wolken könnte ich beschreiben, sie kamen vom Hellespont in lockerem Zug. »Lockerem Zug«. Es gibt diese sehr albernen Wörter, ich kann mich mit ihnen nicht mehr aufhalten. Ich denke einfach an den Geruch nach Oliven und Tamarisken. Die Augen schließen, ich kann es nicht mehr, konnte es aber. Öffnete sie einen Spaltbreit und nahm die Beine der Männer in mich auf. Dutzende von Männerbeinen in Sandalen, man sollte nicht glauben, wie verschieden, alle widerlich. An einem Tag kriegte ich fürs Leben genug von

Männerbeinen, keiner ahnte es. Ich spürte ihre Blicke im Gesicht, auf der Brust. Nicht einmal sah ich mich nach den anderen Mädchen um, die nicht nach mir. Wir hatten nichts miteinander zu tun, die Männer hatten uns auszusuchen und zu entjungfern. Ich hörte lange, eh ich einschlief, das Fingerschnipsen und, in wieviel verschiedenen Betonungen, das eine Wort: Komm. Um mich wurde es leer, nach und nach waren die andern Mädchen abgeholt worden, die Töchter der Offiziere, Palastschreiber, Töpfer, Handwerker, Wagenlenker und Pächter. Die Leere kannte ich von klein auf. Ich erfuhr zwei Arten von Scham: die, gewählt zu werden, und die, sitzenzubleiben. Ja, ich würde Priesterin werden, um jeden Preis.

Mittags, als Aineias kam, fiel mir auf, daß ich ihn seit langem schon in jeder Menge sah. Er kam stracks auf mich zu, verzeih, sagte er, eher konnte ich nicht kommen. Als wären wir verabredet gewesen. Er hob mich auf – nein: Ich erhob mich, aber darüber stritten wir manchmal. Wir gingen in eine weit entfernte Ecke des Tempelbezirks und überschritten dabei, ohne es zu merken, die Grenze, hinter der die Sprache aufhört. Es ist ja nicht Hochmut, nicht nur Scheu, die auch, natürlich, wenn ich den Frauen, als wir allmählich auch über unsre Gefühle sprachen, nie ein Wort über Aineias sagte. Immer hielt ich mich zurück, niemals habe ich, was andre Frauen taten, mein Inneres nach außen gekehrt. Ich weiß, daß ich so die Schranke zwischen uns nie ganz einriß. Der unausgesprochene Name des Aineias stand zwischen mir und den Frauen, die, je länger der Krieg dauerte, vor ihren verwilderten Männern genausoviel Angst hatten wie vor dem Feind; die zweifeln konnten, auf wessen Seite ich wirklich war, wenn ich ihnen keine Einzelheiten lieferte, zum Beispiel über jenen Nachmittag an der Grenze des Tempelbezirks, da wir beide, Aineias und ich, wußten, was von uns erwartet wurde – beide durch Hekabe die Mutter. Da wir uns beide nicht imstande sahen, den Erwartungen zu entsprechen. Da jeder die Schuld für unser Versagen bei sich suchte. Die Amme und die Mutter und Herophile, die Priesterin, hatten mir die Pflichten des Beilagers eingeschärft, aber sie rechneten nicht damit, daß die Liebe, wenn sie plötzlich dazwischentrat, den Pflichten des Beilagers im Wege sein kann, so daß ich mir nicht zu helfen wußte und in Tränen ausbrach über seine Unsicherheit, die doch nur durch meine Ungeschicklichkeit verschuldet sein konnte. Jung, jung sind wir gewesen. Wie er mich küßte, mich streichelte und berührte, ich hätte getan, was er wollte, nur schien er nichts zu wollen, ich sollte ihm etwas verzeihen, aber ich verstand nicht, was. Gegen Abend schlief ich ein, ich weiß noch, ich träumte von einem Schiff, daß den Aineias über glattes blaues Wasser von unserer Küste wegführte, und von einem ungeheuren Feuer, das sich, als das Schiff sich gegen den Horizont hin entfernte, zwischen die Wegfahrenden und uns, die Daheimgebliebenen, legte. Das Meer brannte. Dies Traumbild seh ich heute noch, so viele andre, schlimmere Wirklichkeitsbilder sich auch darübergelegt haben. Gern wüßte ich (was denk ich da! gern? wüßte? ich? Doch. Die Worte stimmen.), gern wüßte ich, welche Art Unruhe, unbemerkt von mir, mitten im Frieden, mitten im Glück: so redeten wir doch! solche Träume schon heraufrief.

Schreiend erwachte ich, Aineias, aufgestört, konnte mich nicht beruhigen und trug mich zur Mutter. Später erst, wenn ich all diese Szenen Tag und Nacht bei mir wieder durchnehmen mußte, bis sie ganz allmählich ihre Schärfe verloren – später erst wunderte ich mich, daß die Mutter ihn fragte, ob alles in Ordnung sei, und daß er, Aineias, knapp mit »Ja« antwortete. Daß daraufhin Hekabe sich bei ihm bedankte –

das merkwürdigste von allem; beschämend, doch wußte ich nicht, wieso. Ihn wegschickte. Mich schlafen legte wie ein Kind, nachdem sie mir einen Trunk eingeflößt hatte, der mir wohltat und alle Fragen und alle Träume auflöste.

Es ist schwer in Worte zu fassen, durch welche Zeichen man untrüglich erfährt, wenn man über ein Geschehnis nicht weiter nachdenken darf. Aineias verschwand aus meinem Gesichtskreis, ein Muster erfüllte sich zum erstenmal. Aineias, das blieb ein glühender Punkt in meinem Innern, sein Name ein scharfer Stich, den brachte ich mir bei, sooft ich konnte. Aber ich verbot es mir, den rätselhaften Satz von Parthena der Amme verstehen zu wollen, die, als sie sich von mir verabschiedete, da ich nun erwachsen war, und ihre Tochter Marpessa meinem Dienst übergab, halb achtungsvoll, halb haßerfüllt vor sich hinmurmelte: Da habe die Alte also wieder ihren Kopf durchgesetzt, wenn auch diesmal, vielleicht, zu des Töchterchens Gutem. Und dann fragte auch sie mich, ob alles in Ordnung sei. Und ich erzählte ihr meinen Traum, wie ich es immer getan hatte, und sah zum erstenmal einen Menschen vor meinen Worten erbleichen. (Wie war das doch: Erschreckend? Aufreizend? Zur Wiederholung verlockend? Ist es wahr, daß ich, wie man es mir vorwarf, dieses Erbleichen später gebraucht habe?)

Kybele hilf! flüsterte Parthena die Amme. Es war der gleiche Spruch, mit dem sie starb, kürzlich, glaube ich, ja, nach der Zerstörung Troias und vor der Überfahrt, als wir alle, wir Gefangenen, in den schrecklichen Herbstwettern, den bebenden Weltuntergangswettern auf dem nackten Strand zusammengetrieben wurden. Kybele hilf, stöhnte die alte Frau, aber es war ihre Tochter Marpessa, die ihr half, mit einem Trunk, den sie ihr reichte und von dem Parthena einschlief, um nicht mehr zu erwachen.

Wer war Kybele?

Da wich die Amme zurück. Es war ihr verboten, das sah ich, den Namen auszusprechen. Sie wußte, ich wußte es auch, daß man Hekabe zu gehorchen hatte. Schier unglaublich scheint es mir heute, was ihre Befehle bewirkten, kaum kann ich es mir ins Gedächtnis zurückrufen, daß ich einstmals heiß empört gegen diese Befehle aufbegehrte. Sie habe mich immer nur schützen wollen, hat sie mir dann gesagt. Aber sie habe mich unterschätzt. Inzwischen hatte ich Kybele gesehen.

Wie oft ich später jenen Weg gegangen bin, allein und mit den anderen Frauen – nie habe ich vergessen, wie mir zumute war, als Marpessa mich eines Abends in der Dämmerung zum Berg Ida führte, den ich immer vor Augen gehabt, insgeheim als meinen Berg geliebt, oft und oft begangen hatte und zu kennen glaubte; wie Marpessa mir voran in eine buschbewachsene Bodenfalte eingetaucht war. Auf Pfaden, die sonst nur Ziegen kletterten, ein Feigenwäldchen durchquert hatte, und wie wir plötzlich, von jungen Eichen umgeben, vor dem Heiligtum der unbekannten Göttin standen, dem eine Schar braunhäutiger, meist schmalgliedriger Frauen tanzend huldigte. Sklavinnen aus dem Palast sah ich unter ihnen, Frauen aus den Ansiedlungen jenseits der Mauern der Zitadelle, auch Parthena die Amme, die vor dem Eingang der Höhle unter der Weide hockte, deren Wurzeln wie das Schamhaar einer Frau in die Höhlenöffnung hineinfielen, und mit den Bewegungen ihres massigen Körpers den Zug der Tänzerinnen zu dirigieren schien. Marpessa glitt in den Kreis, der meine Ankunft nicht einmal bemerkte – eine neue, eigentlich verletzende Erfahrung für mich –, der sein Tempo allmählich steigerte, seinen Rhythmus verstärkte, schneller, fordernder, ungestümer wurde, einzelne Tänzerinnen aus dem Kreis schleuderte, auch Marpessa, meine beherrschte Marpessa! – sie zu

24

Gesten trieb, die mein Schamgefühl verletzten, bis sie außer sich gerieten, sich schüttelten, sich heulend verrenkten, in eine Ekstase verfielen, in der sie uns anderen unsichtbare Dinge sahen, und schließlich, eine nach der anderen, als eine der letzten Marpessa, in sich zusammensackten und erschöpft niedersanken.

Von Furcht und Schrecken erfüllt floh ich, irrte lange umher, kam tief in der Nacht nach Hause, fand mein Bett bereitet, eine Mahlzeit gerichtet, Marpessa neben meinem Lager wartend. Und am nächsten Morgen, im Palast, wie immer die glatten Gesichter.

Was ging vor. Wo lebte ich denn. Wie viele Wirklichkeiten gab es in Troia noch außer der meinen, die ich doch für die einzige gehalten hatte. Wer setzte die Grenze fest zwischen Sichtbarem und Unsichtbarem. Und wer ließ nun zu, daß der Boden, auf dem ich so sicher gegangen war, erschüttert wurde. – Ich weiß, wer Kybele ist! schrie ich die Mutter an. So, sagte Hekabe. Dann ist es ja gut. Keine Frage, wer mich hingeführt. Keine Nachforschungen. Keine Bestrafung. Zeigte die Mutter einen Zug von Erleichterung, gar Schwäche? Was sollte mir eine Mutter, die Schwäche zeigte? Mich vielleicht über ihre Bekümmernis ins Vertrauen ziehn wollte? Da wich ich zurück. Entzog mich, wie lange noch, den Berührungen der wirklichen Leute. Brauchte und verlangte Unnahbarkeit. Wurde Priesterin. Und Hekabe unterstützte meinen Wunsch. Ja. Sie hat mich doch früher gekannt als ich sie.

Die Königin, sagte der Vater mir in einer unserer vertrauten Stunden, Hekabe herrscht nur über solche, die beherrschbar sind. Sie liebt die Unbeherrschbaren. – Mit einem Schlag sah ich den Vater in anderem Licht. Hekabe liebte ihn doch? Zweifellos. Also war er unbeherrschbar? – Ach. Einst waren auch die Eltern jung. Als der Krieg fortschritt, jedermanns Eingeweide bloßlegte, änderte sich wiederum das Bild. Priamos wurde immer unzugänglicher, starrer, doch beherrschbar, nur nicht mehr durch Hekabe. Hekabe wurde weicher, dabei unbeugsam. Den Priamos tötete der Schmerz um seine Söhne, ehe noch der Feind ihn erstach. Hekabe, aufgerissen durch den Schmerz, wurde von einem Unglücksjahr zum anderen immer mitfühlender, lebendiger.

Wie auch ich. Nie war ich lebendiger als in der Stunde meines Todes, jetzt.

Was ich lebendig nenne? Was nenne ich lebendig. Das schwierigste nicht scheuen, das Bild von sich selbst ändern. Worte, sagte Panthoos, da war er noch ein Widerpart für mich. Nichts als Worte, Kassandra. Der Mensch ändert nichts, warum ausgerechnet sich selbst, warum ausgerechnet das Bild von sich.

Wenn ich mich heute an dem Faden meines Lebens zurücktaste, der in mir aufgerollt ist; den Krieg überspringe, ein schwarzer Block; langsam, sehnsuchtsvoll in die Vorkriegsjahre zurückgelange; die Zeit als Priesterin, ein weißer Block; weiter zurück: das Mädchen – dann bleibe ich an dem Wort schon hängen, das Mädchen, und um wieviel mehr noch hänge ich erst an seiner Gestalt. An dem schönen Bild. Ich habe immer mehr an Bildern gehangen als an Worten, es ist wohl merkwürdig und ein Widerspruch zu meinem Beruf, aber dem kann ich nicht mehr nachgehn. Das Letzte wird ein Bild sein, kein Wort. Vor den Bildern sterben die Wörter. Todesangst.

Wie wird es sein. Wird die Schwäche übermächtig. Wird der Körper die Herrschaft über mein Denken übernehmen. Wird, in einem gewaltigen Schub, die Todesangst einfach wieder alle Positionen besetzen, die ich meiner Unwissenheit, meiner Bequemlichkeit, meinem Hochmut, meiner Feigheit, Faulheit, Scham abgerungen habe. Wird sie es fertigbringen, auch den Vorsatz einfach wegzuschwemmen, für den ich auf dem Weg hierher die Formel suchte und fand: Ich will die Bewußtheit nicht verlieren, bis zuletzt.

Als unsere – Dummheit! ihre Schiffe bei Windstille und spiegelglattem Wasser in der Bucht von Nauplion angelegt hatten und die Sonne, prall und schwer von Blut, hinter dem Bergzug versank; als meine Troerinnen, so als wären sie erst jetzt, beim Betreten des fremden Landes, wirklich in Gefangenschaft gekommen, Trost in trostlosem Weinen suchten; in den Tagen danach, auf dem staubigen, heißen, mühevollen Weg durch die Festung Tiryns und den schmutzigen Flecken Argos, empfangen und begleitet von den Schmähreden der zusammenlaufenden Greise und Frauen; besonders aber auf der letzten ansteigenden Strecke durch dürres Land, über welchem unheilvoll, aber immer noch weit entfernt dieser schreckliche Steinhaufen auftauchte, Mykenae, die Burg, unser Ziel; als sogar Marpessa aufstöhnte; als, merkwürdig genug, der König selbst, der unentschlossene Agamemnon, anstatt zur Eile zu treiben, eine Rast nach der anderen anordnete und sich jedesmal schweigend, Wein trinkend und mir Wein anbietend, in den Schatten eines Olivenbaumes zu mir setzte, woran niemand aus seinem Gefolge Anstoß nahm (Olive, zärtlichster Baum . . .); als mein Herz, das ich lange nicht mehr gespürt hatte, von Station zu Station kleiner, fester, härter wurde, ein schmerzender Stein, dem ich nichts mehr abpressen konnte: da war der Vorsatz fertig, geschmolzen, ausgeglüht, gehämmert und geformt wie eine Lanze. Ich will Zeugin bleiben, auch wenn es keinen einzigen Menschen mehr geben wird, der mir mein Zeugnis abverlangt.

Und ich wollte es mir nicht erlauben, über diesen Vorsatz nochmals nachzudenken. Doch ist er nicht ein Hilfsmittel von der Art, die Übleres bewirkt als das Übel, gegen das man sie verwenden will? Hat es nicht jetzt schon, dies probate Mittel, mein altes, schon vergeßnes Übel wieder wahrgemacht: daß ich, gespalten in mir selbst, mir selber zuseh, mich sitzen seh auf diesem verfluchten Griechenwagen, unter meinem Tuch, von Angst geschüttelt. Werd ich, um mich nicht vor Angst zu winden, um nicht zu brüllen wie ein Tier – wer, wenn nicht ich, sollt das Gebrüll der Opfertiere kennen! – werd ich denn bis zuletzt, bis jenes Beil. – Werd ich denn noch, wenn schon mein Kopf, mein Hals – werd ich um des Bewußtseins willen bis zuletzt mich selber spalten, eh das Beil mich spaltet, werd ich –

Warum will ich mir diesen Rückfall in die Kreatur bloß nicht gestatten. Was hält mich denn. Wer sieht mich noch. Bin ich, die Ungläubige, denn immer noch der Mittelpunkt der Blicke eines Gottes, wie als Kind, als Mädchen, Priesterin? Gibt sich das nie.

Wohin ich blicke oder denke, kein Gott, kein Urteil, nur ich selbst. Wer macht mein Urteil über mich bis in den Tod, bis über ihn hinaus, so streng.

Wär auch das vorgegeben. Liefe auch das an Schnüren, die nicht in meinen Händen liegen, wie die Bewegungen des Mädchens, das ich war, Wunsch- und Sehnsuchtsbild, die junge helle Gestalt im lichten Gelände, heiter, freimütig, hoffnungsvoll, sich selbst und anderen vertrauend, verdienend, was man ihr zuerkannte, frei, ach, frei. In Wirklichkeit: gefesselt. Gelenkt, geleitet und zum Ziel gestoßen, das andre setzen. Demütigend (ein Wort aus früheren Tagen): Alle wußten es. Auch Panthoos. Panthoos der Grieche war eingeweiht. Ohne mit der Wimper zu zucken überreichte er derjenigen Stab und Stirnbinde, die Hekabe ihm bezeichnete. So glaubte er nicht, daß ich von Apollon geträumt hatte? Aber doch. Dochdoch, kleine Kassandra. Das Dumme war: Er glaubte nicht an Träume.

Endlich! rief er an dem Tag, an dem ich ruhig sagte, Troia werde untergehn, und keinen Traum dafür als Beweis anführte. Er teilte mein Wissen, aber es ging ihn nichts an. Er, der Grieche, bangte nicht um Troia, nur um sein Leben. Dies fand er, hatte sowieso genug gedauert. Das Mittel, es zu beenden, trug er lange schon bei sich. Und wendete es nicht an. Starb qualvoll, um einen Tag länger zu leben. Panthoos. Ganz haben wir ihn wohl nie gekannt.

Auch Parthena die Amme wußte natürlich, was gespielt wurde. Wie meine Wahl zur Priesterin zustande kam. Durch sie wußte es Marpessa. Aber sie ist es ja gewesen – wie lange hab ich daran nicht gedacht –, die mir den Schlüssel für meinen Traum und für mein Leben in die Hand gab. Wenn Apollon dir in den Mund spuckt, sagte sie mir feierlich, bedeutet das: Du hast die Gabe, die Zukunft vorauszusagen. Doch niemand wird dir glauben.

Die Sehergabe. Das war sie. Ein heißer Schreck. Ich hatte sie mir erträumt. Mir glauben – nicht mir glauben – man würde sehn. Unmöglich war es doch, daß Menschen auf die Dauer einer, die ihr Recht beweist, nicht Glauben schenken sollten.

Selbst Hekabe hatte ich gewonnen, die zweiflerische Mutter. Jetzt entsann sie sich einer ganz frühen Geschichte, Parthena die Amme mußte sie in Umlauf bringen, keineswegs war man nur auf Träume angewiesen: An unserem zweiten Geburtstag seien wir Zwillinge, mein Bruder Helenos und ich, im Hain des Thymbraischen Apollon eingeschlafen, alleingelassen von unseren Eltern, schlecht gehütet von der Amme, die auch einschlief, ein wenig betäubt wohl vom Genuß des schweren süßen Weins. Hekabe aber, die uns suchte, habe zu ihrem Schrecken sehen müssen, wie die heiligen Tempelschlangen sich an uns herangemacht hatten und an unseren Ohren leckten. Durch heftiges

Klatschen habe sie die Schlangen vertrieben, zugleich die Amme und die Kinder geweckt. Seitdem aber wußte sie: Diese ihre beiden Kinder besäßen von der Gottheit die Gabe der Prophezeiung. – Wirklich wahr, fragten die Leute, und Parthena die Amme hat, je häufiger sie die Geschichte erzählt, um so unerschütterlicher daran geglaubt. Ich weiß noch, mir machte Hekabes Eifer einen schalen Geschmack, ich empfand, daß sie um ein weniges zuviel tat, und trotzdem befestigte sie, was ich dringend glauben wollte: Ich, Kassandra, keine andre der zwölf Töchter des Priamos und der Hekabe, war vom Gott selbst zur Seherin bestimmt. Was war natürlicher, als daß ich ihm auch als Priesterin in seinem Heiligtume diente?

Polyxena . . . Daß ich meine Laufbahn auf deiner Zurücksetzung aufbaute; daß du nicht schlechter warst als ich, nicht weniger geeignet: Ich hab es dir sagen wollen, ehe sie dich wegschleppten, als Schlachtopfer, wie mich jetzt. Polyxena: Hätten wir unsre Leben getauscht: Unsre Tode wären die gleichen gewesen. Ist das ein Trost? Hast du Trost gebraucht? Brauch ich ihn? Du sahst mich an (sahst du mich noch?). Ich schwieg. Sie schleppten dich weg, zum Grabe des wüsten Achill. Achill das Vieh.

O wenn doch diese die Liebe nicht kennten.

O wenn ich doch, an jenem ersten Kriegstag, den, dessen Name verflucht und vergessen sein soll, mit meinen Händen erwürgt hätte, anstatt zuzusehn, wie er, Achill, den Bruder erwürgte, Troilos. Die Reue ätzt mich, sie läßt nicht nach, Polyxena. Panthoos der Grieche hat mich zurückgehalten, die sind dir über, sagte er, ich kenne sie. Er kannte sie. Und mich. Ich würgte keinen Mann. Ich, Polyxena – laß mir die Lust an meinen verspäteten Geständnissen – ich bin ihm zugefallen; war ihm schon zugefallen, als noch nicht entschieden war, wen er einweihn würde, dich, mich. Nie,

Liebe, sprachen wir davon. Alles über Blicke, halbe Wendungen. Wie hätte ich dir sagen solln, was ich kaum denken konnte: Laß mir das Amt. Du brauchst es nicht, so dachte ich, das schwör ich dir. Sah nicht, daß du es brauchtest, ebenso wie ich, nur aus entgegengesetztem Grund. Du hattest deine Liebhaber, so dacht ich. Ich war allein. Ich traf sie doch, wenn sie im Morgengrauen aus deinem Schlafraum kamen. Ich sah doch, wie du schön warst, schöner wurdest, du mit deinem dunkelblonden krausen Haar, als einzige nicht schwarz von den Töchtern der Hekabe. Wer, fragten die Ammen und Palastdiener sich, wer mochte dein Vater sein? Nein – Priamos' Lieblingstochter zu werden, hattest du keine Aussicht. Du neidetest mir die Stellung nicht, das brachte mich auf. Warum du Priesterin werden wolltest, war ich nicht imstande mich zu fragen. Daß du womöglich ganz etwas andres mit dem Amt anstrebtest als ich. Nicht Würde, Abstand und Ersatz für Freuden, die mir versagt waren; sondern: Schutz vor dir selbst; vor der Überzahl der Liebhaber; vor dem Schicksal, daß dir schon bereitet war. Du mit deinen grauen Augen. Du mit deinem schmalen Kopf, dem weißen Gesichtsoval, dem wie mit dem Messer scharf geschnittenen Haaransatz. Mit dieser Haarflut, in die jeder Mann hineingreifen mußte. Du, in die jeder Mann, der dich sah, sich verlieben mußte, was sag ich, verlieben! Der er verfallen mußte, und nicht nur jeder Mann – auch manche Frau, Marpessa auch, glaub ich, als sie aus der Verbannung kam und keinen Mann mehr ansah. Und »verfallen« ist noch ein schwaches Wort für die Liebeswut und Raserei, die manchen packte, wie Achill das Vieh, und ohne daß du etwas dazu tatest – das soll dir zugestanden sein ... Polyxena: Ja, es ist wohl möglich, daß ich, nächtlich im dunklen Gang, Irrtümern unterlag, denn warum hättest du, die alles, was sie tat, ganz offen tat, viel später mir beteuern solln, nie, niemals sei Aineias je bei dir gewesen, wenn der Schatten, den ich aus deiner Türe schleichen sah, des Aineias Schattenriß gewesen wäre? Wie töricht war ich doch. Wie hätte es Aineias sein können, der, von einer Frau kommend, einer andern an die Brust griff, und dann floh! Ach Polyxena. Wie du dich bewegtest. Hurtig und heftig, zugleich anmutig. Wie eine Priesterin sich nicht bewegen soll. – Warum denn nicht! sagte Panthoos, und er kehrte sein tiefer gegründetes Wissen über das Wesen seines Gottes Apollon heraus, dem er schließlich in seinem zentralen Heiligtum, in Delphi auf dem griechischen Festland, gedient hatte. Warum nicht anmutig, kleine Kassandra? Apollon ist auch der Gott der Musen, nicht wahr. – Er wußte mich zu beleidigen, der Grieche. Er konnte durchblicken lassen, daß er die roheren Umrisse, die wir kleinasiatischen Völker seinem Gotte gaben, recht eigentlich für barbarisch hielt.

Was nicht bedeutete, daß er mich zur Priesterin nicht geeignet fand. Zweifellos, sagte er, gebe es Züge in meinem Wesen, die der Priesterschaft entgegenkämen. Welche? Nun – mein Wunsch, auf Menschen Einfluß auszuüben; wie anders sollte eine Frau sonst herrschen können? Ferner: mein inbrünstiges Verlangen, mich mit der Gottheit auf vertrauten Fuß zu stellen. Und, natürlich, meine Abneigung gegen die Annäherung irdischer Männer.

Panthoos der Grieche tat, als kenne er die Wunde in meinem Herzen nicht; als mache es ihm nichts aus, in dies Herz eine mir selbst fast nicht bewußte, sehr feine, sehr geheime Feindschaft gegen ihn, den Ersten Priester, einzupflanzen. Mein Griechisch hab ich ja bei ihm gelernt. Und die Kunst, einen Mann zu empfangen, auch. In einer der Nächte, da die frisch geweihte Priesterin beim Götterbild zu wachen hatte, ist er zu mir gekommen. Geschickt, fast ohne mir weh zu tun und beinah liebevoll tat er, wozu Aineias, an den ich dachte, nicht willens oder nicht fähig gewesen war. Daß ich unberührt war, schien ihn nicht zu überraschen, auch nicht, in welchem Maß ich körperlichen Schmerz zu fürchten schien. Zu niemandem, auch nicht zu mir, verlor er je ein Wort über jene Nacht. Ich aber wußte nicht, wie ich Haß und Dankbarkeit gegen ein und denselben Menschen mit mir herumtragen sollte.

Meine Erinnerung an jene Zeit ist blaß, ich hatte keine Gefühle. Polyxena sprach ein ganzes Jahr lang kein Wort mit mir. Priamos bereitete den Krieg vor. Ich hielt mich zurück. Ich spielte die Priesterin. Ich dachte, Erwachsensein bestehe aus diesem Spiel: sich selbst verlieren. Enttäuschung ließ ich nicht zu. Ich erlaubte mir nicht den mindesten Fehler, wenn ich die Prozession der Mädchen zur Statue des Gottes anführte – ich wurde, wie ich es erwartet hatte, zur Chorführerin ausgebildet; alles gelang mir. Hatte ich zuerst Strafe befürchtet, wenn mir beim Gebet anstelle der göttlichen Lichtgestalt mit der Leier ein Wolf oder gar eine Schar Mäuse vor die Augen kamen, fand ich bald heraus, daß rein gar nichts geschah, wenn ich mich lustvoll meinen Erscheinungen überließ. Auch wenn Panthoos zu mir kam, mußte ich, um aus Ekel Lust zu machen, den andern Mann, Aineias, vor mir sehen. Getragen von der Achtung der Troer, lebte ich scheinhaft wie nie. Ich weiß noch, wie mein Leben mir entwich. Ich schaff es nicht, dachte ich oft, wenn ich, auf der Stadtmauer sitzend, blicklos vor mich hinstarrte, aber ich konnte mich nicht fragen, was mein leichtes Dasein derart überanstrengte.

Ich sah nichts. Mit der Sehergabe überfordert, war ich blind. Sah nur, was da war, so gut wie nichts. Durch den Jahreslauf des Gottes und die Forderungen des Palastes wurde mein Leben bestimmt. Man könnte auch sagen: erdrückt. Ich kannte es nicht anders. Lebte von Ereignis zu Ereignis, die, angeblich, die Geschichte des Königshauses ausmachten. Ereignisse, die süchtig machen, auf immer neue Ereignisse, zuletzt auf Krieg.

Ich glaube, das war das erste, was ich durchschaute.

Gerüchte über das ZWEITE SCHIFF drangen spät zu mir. Ich hatte mich, bitteren Herzens verzichtend, aus dem großen Kreis der Brüder und Schwestern, ihrer Freunde und jugendlichen Sklaven entfernt, in dem abends flüsternd oder laut beredet, bespöttelt und kritisiert wurde, was tagsüber im Rat beschlossen worden war. Verboten war es mir nicht, an meinen freien Abenden das alte lässige Leben fortzusetzen, unter Bäumen und Gebüsch in den Innenhöfen der Zitadelle herumzuhocken, mich den gewohnten und geliebten Lauten durch offene Tonröhren plätschernden Wassers zu überlassen, mich der Stunde hinzugeben, in der der Himmel vergilbt und die Häuser das Licht des Tages, das sie aufgesogen haben, wieder ausstrahlen; das ewig gleiche Gemurmel, Gewisper und Geschwätz der Geschwister, Erzieher, Ammen und Hausssklaven an mir vorbeigehn zu lassen. Ich verbot es mir selbst, nachdem ich Priesterin war; nachdem doch gewiß Polyxena mich bei den Geschwistern angeschwärzt hatte – woran sie nicht im Traum gedacht hat, das mußte ich ihr später glauben; nachdem diejenigen meiner müßigen Schwestern und Brüder, denen Klatsch und Familienzwist gelegen kamen, gewiß weidlich über mich hergezogen waren: Bevorzugt vor ihnen wollte ich sein, doch ihren Neid ertrug ich nicht.

Dies alles, das Troia meiner Kindheit, existiert nur noch in meinem Kopf. Da will ich es, solang ich Zeit hab, wieder aufbaun, will keinen Stein vergessen, keinen Lichteinfall, kein Gelächter, keinen Schrei. Treulich, wie kurz die Zeit auch sein mag, soll es in mir aufgehoben sein. Jetzt kann ich sehen, was nicht ist, wie schwer hab ichs gelernt.

Helenos. Ach Helenos, andersgearteter Gleichaussehender. Mein Ebenbild – wär ich ein Mann geworden. Wär ich's doch! dacht ich verzweifelt, als sie dich – nicht mich! nicht mich! – zum Orakelsprecher machten. Ach sei froh, Schwester. Augur sein – was für ein undankbares Geschäft. Na, er werde sich pünktlichst an die Anweisungen des Kalchas halten. Helenos war kein Seher. Er hatte die Gabe nicht, er brauchte das Ritual. Aller Leichtsinn, der vielleicht uns beiden zugedacht gewesen, war auf ihn gekommen. Alle Schwermut lag auf mir. Wie ich mich an seine Stelle wünschte. Was war die Priesterin gegen den Haruspex! Wie ich ihm gierig zusah, wenn er sich die Frauenkleider anzog, um am Opferstein des Tieres Eingeweide zu beschaun. Wie er seinen Ekel herunterwürgte vor dem Blutgeruch, vor den dampfenden Innereien, an die ich, von früh auf gehalten, kleinere Tiere für die Küche auszunehmen, ganz und gar gewöhnt war. Wäre ich er. Könnt ich mein Geschlecht gegen das seine tauschen. Könnt ich es verleugnen, verbergen. Ja wirklich, so empfand ich. Ich, die ich kaum auf Därme, Leber, Magen des jungen Stieres sah, ich blickte auf die erregten aufgerissenen Gesichter der Menschen, die das Opfer und den Priester dicht umstanden und auf ein Wort warteten wie auf Speise und Trank. Lahme konventionelle Verlautbarungen gab der Bruder ab, über Sonne und Regen, Gedeihen und Mißlingen der Ernte, Vieh- und Kinderaufzucht. Wie anders hätte ich reden, mit welch andrer Tonart dreinfahren wollen; über ganz ganz andres hätte ich sie belehren mögen, die Ahnungslosen, Genügsamen; nämlich... Nämlich? Worüber denn? Panthoos, der mich in jener Zeit im Auge behielt, fragte mich rundheraus. Immer seine kratzenden Fragen. Was sonst als Wetter, Bodenfruchtbarkeit, Viehseuchen, Krankheiten – wollte ich die Leute aus dem Kreis herausreißen, in den sie eingeflochten seien? In dem sie sich wohl fühlten, nach nichts anderem Ausschau hielten? Darauf ich, hochfahrend: Weil sie nichts andres kennen. Weil man ihnen nur diese Art Fragen läßt. Wer – man? Die Götter? Die Verhältnisse? Der König? Und wer bist du, ihnen andre Fragen aufzudrängen. Laß alles, wie es ist, Kassandra, ich rate dir gut. Wenn er länger nachts nicht zu mir kam, entbehrte ich ihn sehr. Nicht ihn, »es«. Und wenn er auf mir lag – Aineias, nur Aineias. Das war selbstverständlich. Mochte der Grieche, der vieles merkte, weil er kühl blieb, dieses auch durchschaun, es war mir gleich. Doch das Mittel gibt es nicht zwischen Himmel und Erde, daß mich hätte zwingen können, mein Geheimnis preiszugeben. Mein Neid auf Helenos hörte auf, wie alles aufhört, wann, weiß ich nicht. Mein Eifer, den Menschen neue Fragen einzugeben, ließ nach, ist ganz geschwunden. Mein Geheimnis habe ich behalten. Es gibt Geheimnisse, die einen Menschen auszehren, andre, die ihn fester machen. Dies war eins von der üblen Sorte, wer weiß, wozu es mich getrieben hätte, wäre nicht eines Tags Aineias wirklich dagewesen.

Was sagen die Mykenerinnen, die sich um mich drängen? Sie lächelt. Ich soll lächeln? Weiß ich denn überhaupt noch, was das ist, lächeln? Das letztemal hab ich gelächelt, als Aineias – seinen Vater, den alten Anchises, auf dem Buckel – mit seiner Handvoll Leute an mir vorbeizog, in Richtung Ida-Gebirge. Unwichtig, daß er mich in dem Haufen gefangener Frauen suchte, nicht erkannte. Ich sah: Er kommt davon, und lächelte.

Was will die Alte, Ausgemergelte von mir, was schreit sie denn. Das Lachen werde mir schon noch vergehen. Ja, sag ich. Das weiß ich. Bald.

Jetzt will ein Wächter den Einheimischen jeglichen Kontakt mit Sklaven verbieten. So schnell. Das hat mich bei den

Griechen immer erstaunt: Sie tun, was getan sein muß, schnell. Und gründlich. Wie lange hätte, bei der ironischen Verfassung unsrer jungen Leute im Palast, das Verbot, mit Sklaven zu verkehren, doch gebraucht, eh man es überhaupt verstanden hätte. Befolgen! Von Befolgen konnte keine Rede sein. Daran ist sogar Eumelos gescheitert. Unsereins will euch retten, hat er bitter zu mir gesagt, und ihr, hinter meinem Rücken, zieht euch selber den Boden weg. Auf seine Weise hat er recht gehabt. Er wollte uns, wie der Krieg uns brauchte. Wir sollten werden wie der Feind, um ihn zu schlagen. Es lag uns nicht. Wir wollten sein wie wir, unkonsequent, das war das Wort, das Panthoos uns anhängte. Achselzuckend, resigniert. So wird das nichts, Kassandra. Mit den Griechen führt man anders Krieg. Er mußte es ja wissen. Er war ja wohl der Konsequenz der Griechen ausgewichen. Er sprach darüber nicht. Was ihn wirklich anging, hielt er tief versteckt. Man mußte seine Gründe aus Nachrichten, Gerüchten und Beobachtung zusammensetzen.

Was mir früh auffiel: seine Angst vor Schmerz. Daß er empfindlich war. Auf körperlichen Wettstreit ließ er es nie ankommen. Ich aber, fällt mir ein, ich war berühmt dafür, daß ich Schmerz ertrug. Daß ich die Hand am längsten über der Flamme hielt. Nicht das Gesicht verzog. Nicht weinte. Panthoos, das fiel mir auf, ging weg. Ich deutete es als Mitgefühl für mich. Es waren überreizte Nerven. Viel später ging mir auf, daß, wie ein Mensch sich gegenüber Schmerz verhält, mehr über seine Zukunft verrät als die meisten andern Zeichen, die ich kenne. Wann ist bei mir der Hochmut gegen Schmerz zusammengebrochen. Bei Kriegsbeginn, natürlich. Seit ich die Angst der Männer sah: Was war denn ihre Angst vorm Kampf, wenn nicht die Angst vor körperlichem Schmerz. Ihre ausgefallnen Tricks, die Angst zu leugnen oder vor dem Schmerz, dem Kampf zu fliehn. Doch schien die Angst der Griechen die der unsern weit zu übersteigen. Natürlich, sagte Panthoos. Sie kämpfen in der Fremde. Ihr zu Haus. Was tat denn er, der Fremde, unter uns? Man konnte ihn nicht fragen.

Was man wußte: Panthoos war ein Beutestück des Vetters Lampos vom ERSTEN SCHIFF – so nannte man das Unternehmen im Palast, nachdem ihm ein zweites und ein drittes gefolgt waren und man endlich die Benennung des Volkes, »Schiff nach Delphi«, durch neutrale Namen aus dem Verkehr ziehn wollte. So legte es kurz und bündig Anchises aus, der Vater des Aineias, der mich, die Königstochter, Priesterin, die Geschichte Troias lehrte. Also hör doch mal zu, Mädchen. (Des Anchises langer Kopf. Der hohe, vollkommen kahle Schädel. Die Unzahl der Querfalten auf der Stirn. Die dichten Brauen. Der helle listige Blick. Die beweglichen Gesichtszüge. Das starke Kinn. Der heftige, oft zum Lachen, öfter zum Schmunzeln aufgerissene oder verzogne Mund. Die schlanken kraftvollen Hände mit den heruntergearbeiteten Nägeln, des Aineias Hände.) Also hör zu. Die Sache ist doch ganz einfach. Da schickt man, meinetwegen dein Vater, obwohl ich bezweifle, daß er die Idee selber hatte; ich tippe auf Kalchas – schickt, sag ich, einen Vetter des Königshauses, diesen Lampos, der als Hafenverweser ganz brauchbar ist, aber als Bote des Königs in delikatem Auftrag?, schickt Lampos mit einem Schiff in hochgeheimer Mission nach Griechenland. Ist dumm – oder sagen wir: unvorsichtig – genug, das Volk zum Jubeln bei der Ausfahrt an den Hafen zu bestelln. – Mich auch, Anchises. Auf dem Arm der Amme. Licht, Jubel, Fähnchen, blitzendes Wasser und ein mächtiges Schiff: Meine erste Erinnerung. – Da haben wirs schon. Ein mächtiges Schiff. Erlaube, daß ich lächle. Ein bescheidenes Schiffchen, fast sag ich: ein Boot. Wenn wir nämlich in der Lage gewesen wären, ein mächtiges Schiff auszurüsten, dann hätten wir es nicht ausgerechnet nach Griechenland geschickt. Dann hätten wir nämlich weder diese zudringlichen Griechen noch die Ehrenbezeugung vor ihrem Orakel nötig gehabt. Hätten uns nicht auf Verhandlungen eingelassen über unser angestammtes Recht, den Zugang zum Hellespont. Nun also. Das Ergebnis in Kurzfassung: Die Griechen einigten sich nicht über die Bedingungen, Lampos brachte reiche Opfergaben nach Delphi, die unser Vermögen beinah überschritten, dort sah ihn Panthoos, hängte sich an ihn, kam mit ihm zurück: Dem Jubelvolk konnte bei der Heimkehr etwas wie ein Beutestück vorgezeigt werden. Und unsre Palastschreiber, ein Völkchen für sich, das müßtest du wissen, machen nachträglich aus dem halbwegs mißglückten Unternehmen großmäulig das ERSTE SCHIFF.

Oi, oi. Doch in des Anchises strikter Nüchternheit war immer auch etwas wie Poesie, dem konnte ich mich nicht entziehn. Übrigens war er, da er das ZWEITE SCHIFF selbst mit geleitet hatte, unbestreitbar zuständig. Aber in den Höfen, wo wir uns über nichts so stritten wie über das ERSTE SCHIFF, hörte sich alles wieder vollkommen anders an. Hektor, der älteste meiner Brüder, damals ein kräftiger junger Mann mit eher zu weichem Gemüt, bestritt der Aktion Eins kategorisch jeden Erfolg. Nicht um einen Priester anzuschleppen, sei der Onkel Lampos zum Delphischen Orakel geschickt worden. Nicht? Wozu denn sonst? Hektor hatte es halboffiziell von den Priestern: Lampos habe die Pythia befragen sollen, ob auf dem Hügel, auf dem Troia stand, noch immer ein Fluch lag; ob also die Stadt und ihre Mauer, die gerade grundlegend erneuert wurde, sicher seien. Ungeheuerliche Vorstellung! Uns Jüngeren war Troia, die Stadt und alles, was ihr Name uns bedeutete, aus diesem Hügel Ate herausgewachsen als aus dem einzig vorstellbaren Platz auf Erden, im Angesicht des Berges Ida, der flirrenden Ebene davor und des Meerbusens mit dem natürlichen Hafen. Und mit der Stadt die Mauer – jene schützend, auch beengend –, an der in grauer Vorzeit Götter selbst, Apoll, Poseidon, hätten mitbaun müssen, so daß sie unzerstörbar, uneinnehmbar sei. So redeten die Leute, und ich hörte ihnen gierig zu, und hörte auch die Gegenrede: Wie! Wegen einer Leidenschaft für den Apollonpriester Panthoos sollte Vetter Lampos die Befragung der Pythia über die allerwichtigsten Angelegenheiten Troias einfach vergessen haben? So daß die Mauer, ohne Segensspruch des mächtigen Orakels festgemacht, mitnichten uneinnehmbar, im Gegenteil: verletzlich sei? Das Skäische Tor ihr wunder Punkt? Und Panthoos: Nicht als Gefangner, freiwillig sei er unserm eher unscheinbaren Vetter übers Meer gefolgt? Und Priamos sei schwach genug gewesen, den Fremden zum Apollonpriester einzuweihn, was doch nichts andres heißen konnte, als die Oberhoheit Delphis in Fragen der Religion anzuerkennen? Zum mindesten in Fragen dieses einen Gotts Apoll?

Dies alles war so unvorstellbar. So dumm. So schlecht erfunden, daß ich, ein Kind, nur bitten konnte, mich damit zu verschonen. Doch juckte das Thema so sehr, machte mich so scharf auf jeden Gesprächsfetzen, in dem es aufblitzte, daß ich mich immer wieder in den Kreis der Ältren drängen mußte, durch Hektors damals schon mächtige Schenkel schlüpfen, an ihn gelehnt mich hinhocken und mir kein Wort darüber entgehen lassen konnte. Nicht durch Geburt, ach was, durch die Erzählungen in den Innenhöfen bin ich Troerin geworden. Durch das Geraune der Münder am Guckloch, als ich im Korb saß, habe ich aufgehört, es zu sein. Jetzt, da es Troia nicht mehr gibt, bin ich es wieder: Troerin. Nichts sonst.

Wem sag ich das.

Ja. Wenn durch nichts sonst – durch meine Vertrautheit mit den Innenhöfen, mit jeder Regung, die durch sie hindurchging und auch mich ergriff, durch mein absolutes Gehör für die Tonhöhe des Gewispers, das sie immerzu erfüllte, war ich Panthoos dem Griechen jedenfalls am Anfang überlegen. Hab ich ihn nicht sogar einmal gefragt, warum er hier sei – also dort, in Troia. Aus Neugier, meine Liebe, sagte er in dem frivolen Ton, den er sich zugelegt hatte. Aber konnte jemand aus Neugier das Orakel von Delphi, den Mittelpunkt der Welt, verlassen? – Ach meine kleine Ungläubige! Wenn du ihn kenntest, diesen Mittelpunkt. – Oft hat er mich mit Namen belegt, die mir erst später zukamen. Als ich Troia wirklich kannte, meinen Mittelpunkt, verstand ich ihn. Nicht Neugier wärs gewesen, die mich weggetrieben hätte: Entsetzen. Doch wohin hätte ich, mit welchem Schiff, noch fahren solln?

Ich weiß doch wirklich nicht, was dieser Panthoos mich so beschäftigt. Ist es ein Wort, das sich, an seinen Namen gehängt, aus sehr tiefen Tiefen, in die ich nicht hinabgestiegen bin, losmachen will? Ist es ein Bild? Ein frühes, sehr frühes Bild, das schwimmt und das ich, wenn ich meine Aufmerksamkeit ruhig schweifen lasse, vielleicht einfangen kann. Ich blicke abwärts. Etwas wie ein Menschenzug, erhobene Gesichter, dicht an dicht, gedrängt in der engen Straße unter mir. Bedrohlich, gierig, wild. Schärfer. Schärfer. Ja: der stille weiße Mittelpunkt. Ein Knabe, ganz in Weiß, am Strick den weißen jungen Stier. In all der Wildheit der unberührbare weiße Fleck. Und das erregte Gesicht der Amme, auf deren Arm ich bin. Und Panthoos, aber das seh ich nicht, das weiß ich, Panthoos an der Spitze des Zugs, selbst fast noch ein Knabe, sehr jung, sehr schön sei er gewesen. Und er wird die Menge zum Skäischen Tor führn und den Stier schlachten, aber den Knaben freigeben: Der Gott, Apollon, der die Stadt beschützt, wolle hinfort kein Knabenopfer mehr. »Knabenopfer«, da ist das Wort. Ich sah keins mehr in Troia, obwohl . . . Dies Opfer abzuschaffen, hat Priamos, der Vater, den Panthoos gebraucht. Und als im neunten Jahr des Kriegs die Griechen gegen das Skäische Tor anrannten, es einzunehmen drohten – das Tor, an dem der Grieche keinen Knaben opfern ließ –, da hieß es: Der Verräter Panthoos. Mein harmloses gutgläubiges Volk. Ich mochte ihn zuletzt nicht mehr, Panthoos. Ich mochte nicht in mir, was durch ihn verführbar gewesen war.

Wer lebt, wird sehn. Mir kommt der Gedanke, insgeheim verfolge ich die Geschichte meiner Angst. Oder, richtiger, die Geschichte ihrer Entzügelung, noch genauer: ihrer Befreiung. Ja, tatsächlich, auch Angst kann befreit werden, und dabei zeigt sich, sie gehört mit allem und allen Unterdrückten zusammen. Die Tochter des Königs hat keine Angst, denn Angst ist Schwäche und gegen Schwäche hilft ein eisernes Training. Die Wahnsinnige hat Angst, sie ist wahnsinnig vor Angst. Die Gefangene soll Angst haben. Die Freie lernt es, ihre unwichtigen Ängste abzutun und die eine große wichtige Angst nicht zu fürchten, weil sie nicht mehr zu stolz ist, sie mit anderen zu teilen. – Formeln, nun ja.

Sie haben wohl recht, wenn sie sagen, je näher dem Tod, desto leuchtender und näher die Bilder der Kindheit, Jugend. Eine Ewigkeit habe ich sie mir nicht mehr vor Augen geführt. Wie schwer, fast unmöglich, es doch war, das ZWEITE SCHIFF als das zu sehn, was es, nach Hekabes Ausruf, wirklich war: eine Angstpartie. Worum ging es bloß, war es so wichtig, daß sie Männer wie Anchises, wie Kalchas den Seher aufs Schiff schickten. Anchises, der alt geworden zurückkam. Kalchas, der gar nicht zurückkam. Richtig: des

Königs Schwester Hesione. Hesione, sagte mein Vater Priamos im Rat und gab seiner Stimme einen weinerlich-pathetischen Klang: Hesione, die Schwester des Königs, festgehalten von dem Spartaner Telamon, der sie geraubt hat. Die Männer im Rat guckten verblüfft. Nun, nun, festgehalten, spottete Hekabe. Geraubt. Immerhin sei Hesione in Sparta keine erniedrigte Gefangene. Oder? Wenn man recht unterrichtet war, hatte jener Telamon sie zu seiner Frau gemacht? Zur Königin, oder? – Dies war überhaupt nicht die Frage. Ein König, der seine entführte Schwester nicht zurückzugewinnen suche, verliere sein Gesicht. Ach, sagte Hekabe, schneidend. Dann öffentlich nichts mehr. In ihrem Megaron stritten sie sich, und, was das Schlimmste war, der Vater schickte mich hinaus. Seine zwiespältigen Gefühle übertrugen sich auf mich, verdichteten sich zu einer Empfindung, die ihren Sitz in der Magengrube zu haben schien, eine vibrierende Spannung, die ich durch Parthena die Amme »Angst« nennen lernte. Mußt nicht soviel Angst haben, Töchterchen. Das Kind stellt sich zuviel vor.

Fähnchen, Winken, Jubel, blinkendes Wasser, blitzende Ruder – fünfzig, notierten die Palastschreiber, die nichts als zählen konnten, auf ihren Tontäfelchen – bei der Ausfahrt des ZWEITEN SCHIFFES. Anstachelnde Losungen wurden den Männern zugerufen, die an Bord des Schiffes standen: Die Königsschwester oder den Tod! riefen, die zurückblieben. Neben mir stand Aineias und rief zu seinem Vater hinauf: Hesione oder den Tod! Ich erschrak und wußte, daß ich nicht erschrecken durfte: Aineias handelte im Sinn des Königshauses, dem ich angehörte, wenn er um einer fremden Frau willen, die zufällig des Königs Schwester war, seinem Vater den Tod wünschte. Ich unterdrückte mein Grauen und zwang mich, Aineias zu bewundern. Damals begannen meine zwiespältigen Gefühle. Auch die des Aineias – er hat es mir später gesagt. Hat mir gesagt, daß die fremde Frau ihm, je länger das Unternehmen zu ihrer Rückeroberung dauerte, um so gleichgültiger, ja geradezu verhaßt wurde, während die Sorge um seinen Vater sich in ihm ausbreitete. Das konnte ich nicht wissen. Damals war es, ja: damals muß es gewesen sein, daß diese Träume begannen, in denen Aineias mir erschien; in denen ich Lust empfand, wenn er mich bedrohte. Träume, die mich quälten und in einen Zustand untilgbarer Schuld trieben, in eine verzweifelte Selbstfremdheit. O ja. Ich könnte wohl Auskunft darüber geben, wie Abhängigkeit und Angst entstehen. Doch fragt mich keiner mehr.

Ich wollte Priesterin werden. Ich wollte die Sehergabe, unbedingt.

Um die unheimliche Wirklichkeit hinter der glanzvollen Fassade nicht sehn zu müssen, veränderten wir flugs unsre Fehlurteile. Ein Beispiel, das mich empört hat, als ich mich noch empören konnte: Wie die Troer, die doch alle, gleich mir, die Ausfahrt des ZWEITEN SCHIFFES bejubelt hatten, später darauf bestanden: mit diesem Schiff habe das Verderben angefangen. Aber wie hatten sie so schnell vergessen können, was doch auch sie auf dem Schoß ihrer Mütter und Ammen in sich aufgenommen hatten: daß die Kette der für unsre Stadt unheilvollen Ereignisse sich in grauer Vorzeit verlor, Zerstörung und Aufbau und Wiederzerstörung, unter der Regentschaft wechselnder Könige, glücklos die meisten. Was hieß denn sie, was hieß denn uns alle hoffen, gerade dieser König, gerade mein Vater Priamos werde die Unglückskette durchschlagen; gerade er werde ihnen, uns, das Goldene Zeitalter wieder heraufführen? Warum werden gerade diejenigen Wünsche, die sich auf Irrtümern gründen, in uns übermächtig? Nichts haben sie mir später mehr übelgenommen als meine Weigerung, mich ihrem fatalen Wunschentzücken hinzugeben. Durch diese Weigerung, nicht durch die Griechen, verlor ich Vater, Mutter, Geschwister, Freunde, mein Volk. Und gewann – nein; an meine Freuden zu denken, heb ich mir noch auf, bis ich es brauchen werde.

Als das ZWEITE SCHIFF endlich zurückkehrte, selbstverständlich – so sagte auf einmal jedermann! – ohne die Königsschwester, aber auch ohne Kalchas den Seher; als das Volk sich enttäuscht, ich fand: beinah feindselig am Hafen versammelte, murrend (der Spartaner, erfuhr man, habe über der Troer Forderung gelacht); als der düstere Schatten auf meines Vaters Stirn erschien – da habe ich zum letztenmal öffentlich geweint. Hekabe, die über den Fehlschlag, den sie vorausgesehn, nicht triumphierte, verwies es mir, ohne Schärfe, doch bestimmt. Über politische Ereignisse weine man nicht. Tränen trübten das Denkvermögen. Wenn der Gegner sich seinen Stimmungen überlasse – lache! –, um so schlimmer für ihn. Daß wir des Vaters Schwester nicht wiedersehn würden, war jedem Menschen klar gewesen, der seine fünf Sinne beieinander hatte. Das Volk, natürlich, begleite Ein- und Auslaufen eines jeden Schiffes mit seinen hochfliegenden Erwartungen und unvermeidlichen Enttäuschungen. Die Regierenden hätten sich zu beherrschen. – Ich lehnte mich gegen die Regeln der Mutter auf. Rückblickend seh ich: Sie hat mich ernst genommen. Der Vater hat nur Trost bei mir gesucht. Geweint habe ich öffentlich nicht mehr. Und immer seltner heimlich.

Blieb Kalchas der Seher. Wo war er. Unterwegs gestorben? Nein. Getötet worden? Auch das nicht. Also von den Griechen als Geisel behalten. Dies möge das Volk glauben, glaubte es eine Zeitlang auch, es konnte nicht schaden, wenn der Griechen übler Ruf sich festigte. Im Palast lief eine andre Botschaft durch die Gänge, die ich mir, als sie mir zugetragen wurde, erbittert, mit geballten Fäusten verbat. Marpessa beharrte: Es sei aber die Wahrheit, im Rat sei sie zur Sprache gekommen. Und, übrigens, auch im Schlafgemach der Königin und des Königs. – Wie: Kalchas zu den Griechen übergelaufen? Unser hochverehrter Seher, der in die innersten Staatsgeheimnisse eingeweiht war, ein Abtrünniger? – Eben das. – Die Nachricht mußte falsch sein. Zornig ging ich zu Hekabe, erleichterte nach Art der Unüberlegten mein Gewissen, zwang die Mutter zu handeln. Marpessa verschwand aus meiner Nähe. Parthena die Amme erschien mit verweinten vorwurfsvollen Augen. Ein Ring des Schweigens legte sich um mich. Der Palast, der heimatlichste Ort, zog sich von mir zurück, die geliebten Innenhöfe verstummten mir. Ich war mit meinem Recht allein.

Ein erster Kreislauf.

Aineias war es – er, dem ich immer glaubte, weil die Götter es versäumten, ihm die Fähigkeit zu lügen mitzugeben –, Aineias war es, der mir alles, Wort für Wort, bestätigte: Ja. Kalchas der Seher war auf eignen Wunsch bei den Griechen geblieben. Er hatte es zuverlässig von Anchises, seinem Vater, dem um Jahre Gealterten. Kalchas der Seher fürchtete – so trostlos banal waren die Gründe für weittragende Entscheidungen! –, nach dem Fehlschlag des ZWEITEN SCHIFFES werde man ihn in Troia zur Verantwortung ziehn für seine günstigen Prophezeiungen vor seinem Auslaufen. Wobei das Kuriose war, hatte Anchises dem Aineias gesagt: Das Königshaus hat ihm die günstigen Prophezeiungen abgezwungen. Seherlos.

Und ich hatte von Anfang an gewußt, daß Marpessa die Wahrheit sprach. Und ich, hörte ich mich zu Aineias sagen, ich habe es von Anfang an gewußt. Die Stimme, die das sagte, war mir fremd, und natürlich weiß ich heute, weiß ich seit langem, es war kein Zufall, daß diese fremde Stimme, die mir oft schon in der Kehle gesteckt hatte, in seiner Gegenwart zum erstenmal aus mir sprach. Willentlich ließ ich sie frei, damit sie mich nicht zerrisse; was dann kam, hatte ich nicht in der Hand. Ich hab es gewußt, ich hab es gewußt, immer mit dieser fremden hohen wimmernden Stimme, vor der ich mich in Sicherheit bringen mußte, mich an Aineias anklammern, der erschrocken war, aber standhielt. Standhielt, ach Aineias. Schlotternd, gliederschüttelnd hing ich an ihm, jeder meiner Finger tat, was er wollte, klammerte sich in seine Kleider, riß an ihnen; mein Mund, außer daß er den Schrei hervorstieß, erzeugte diese Art von Schaum, der sich auf Lippen und Kinn absetzte, und meine Beine, die ich so wenig in der Gewalt hatte wie irgendein andres Glied, zuckten und tanzten in einer anrüchigen unpassenden Lust, die ich gar nicht empfand, unbeherrscht waren sie, war alles an mir, unbeherrschbar ich. Vier Männer konnten mich kaum halten.

In die Umnachtung, in die ich endlich fiel, flog mir ein Fünkchen Triumph voraus, merkwürdigerweise – merkwürdig für den, der die listigen Bündnisse zwischen unseren unterdrückten Äußerungen und den Krankheiten nicht kennt. Dies also war der Anfall, und mein Leben teilte sich dann eine Weile in die Zeit vor dem Anfall und die Zeit nach dem Anfall – eine Zeitrechnung, die bald ungültig wurde wie fast alle späteren. Wochenlang konnte ich nicht aufstehn, kein Glied rühren. Wollte es nicht können. Marpessa soll kommen, das war der erste Befehl, den ich weitergeben konnte. Hekabes Mund über mir, sagte: Nein. Da ließ ich mich in die Dunkelheit zurückfallen. Auf irgendeine Weise hatte ich das Steigen und Sinken dieses harten schweren Gebildes, meines Bewußtseins, in der Hand. Unentschieden war, ob ich – wer: ich? – wieder aufsteigen würde, ich hielt mich in der Schwebe, ein schmerzfreier Zustand. Einmal, als ich auftauchte, war es Marpessas Gesicht, das über mir hing, ihre Hand, die mir die Schläfen mit verdünntem Wein wusch. Das war schmerzlich, denn nun mußte ich bleiben. Marpessa war schmal geworden, und blaß, und schweigsam, wie ich selbst. Ich verlor mein Bewußtsein nicht mehr ganz und gar. Ich ließ mir Hilfe gefallen. Ich wurde, was man gesund nennt. Wie ein Schiffbrüchiger das rettende Festland ersehnte ich das Priesteramt. Ich wollte die Welt nicht, wie sie war, aber hingebungsvoll wollte ich den Göttern dienen, die sie beherrschten: Es war ein Widerspruch in meinem Wunsch. Ich gönnte mir Zeit, ehe ich ihn bemerkte, immer habe ich mir diese Zeiten von Teilblindheit gegönnt. Auf einmal sehend werden – das hätte mich zerstört.

Marpessa zum Beispiel habe ich erst auf der Überfahrt hierher, in jener dunklen Sturmnacht, als alles zu Ende ging, fragen können, was sie damals mit ihr gemacht haben. Nichts Besondres, sagte sie. Sie haben mich in die Ställe geschickt. In die Ställe! Ja. Als Pferdemagd zu den Knechten aus einem Dutzend Völkerschaften. Jedermann kannte die Zustände in den Ställen. Ich habe es mir denken können, warum Marpessa keinen Mann mehr an sich heranließ. Daß ich ihr meine Zwillinge übergab – eine Art Sühneopfer, das ihre Hingabe an mich nicht steigern, ihre Unversöhnlichkeit nicht mildern konnte. Immer hat sie mich fühlen lassen, daß ich nichts an ihr gutmachen konnte. Daß sie mich verstand, machte es schlimmer. Der Palastschreiber und die junge Sklavin, die Hekabe bediente, von denen Marpessa die Wahrheit über Kalchas den Seher erfahren hatte, waren mit dem nächsten Gefangenentransport abgegangen, den König Priamos dem Hethiterkönig schickte. Niemand sprach den

Namen des Kalchas noch aus, nicht im Guten und nicht im Bösen.

Wie oft habe ich erfahren, daß heiß begehrte Gaben mir dann zufielen, wenn ich sie nicht mehr begehrte. Marpessa hat ihrer Zärtlichkeit für mich freien Lauf gelassen, seit ich unter ihren Augen von diesem Aias, den die Griechen Klein Aias nennen, vergewaltigt wurde; wenn ich recht gehört habe, hat sie gerufen: Nimm mich. Doch begreift sie genau, daß ich mich um keines Menschen Liebe oder Freundschaft mehr bewerbe. Nein.

Daß man Unvereinbares nicht zusammenzwingen soll, darüber hat Hekabe mich früh belehrt, vergebens natürlich. Dein Vater, hat sie mir gesagt, will alles. Und alles gleichzeitig. Die Griechen sollen dafür zahlen, daß sie ihre Waren durch unsern Hellespont befördern dürfen: richtig. Sie sollen König Priamos dafür achten: falsch. Daß sie über ihn lachen, wenn sie sich überlegen glauben – was kränkt es ihn. Solln sie lachen, wenn sie zahlen. Und du, Kassandra, sagte Hekabe zu mir, du sieh zu, daß du nicht zu tief in deines Vaters Seele kriechst.

Ich bin sehr müde. Einen zusammenhängenden Schlaf habe ich seit Wochen nicht gehabt. Unglaubhaft, aber ich könnt jetzt einschlafen. Kann ja nichts mehr verschieben, auch den Schlaf nicht. Ungut, übermüdet in den Tod zu gehn. Daß die Toten schlafen, das sagt man so, wahr ist es ja nicht. Ihre Augen stehn offen. Die aufgerissenen Augen der toten Brüder, die ich schloß, bei Troilos angefangen. Die Augen der Penthesilea, die Achill anstarrten, Achill das Vieh, darüber muß er verrückt geworden sein. Des Vaters offene tote Augen. Der Schwester Augen, Polyxenas, sah ich nicht im Tod. Als sie sie wegschleppten zum Grab des Achill, hatte sie den Blick, den sonst nur Tote haben. Daß Aineias' Augen nicht den Tod, daß sie Schlaf finden werden in vielen

Nächten, die kommen werden – ist es ein Trost? Kein Trost. Ein Wissen. Ich habe nur noch Wörter ungefärbt von Hoffnung oder Furcht.

Vorhin, als die Königin aus dem Tor trat, ließ ich eine letzte sehr kleine Hoffnung in mir aufkommen, ich könnte ihr das Leben der Kinder abgewinnen. Ich hab ihr dann bloß in die Augen sehn müssen: Die tat, was sie mußte. Sie hat die Dinge nicht gemacht. Sie stellt sich auf den Stand der Dinge ein. Entweder sie entledigt sich des Mannes, dieses Hohlkopfs, gründlich, oder sie gibt sich auf: ihr Leben, ihre Regentschaft, den Geliebten, der übrigens, wenn ich mir die Figur im Hintergrunde richtig deute, gleichfalls ein selbstverliebter Hohlkopf ist, nur jünger, schöner, glattes Fleisch. Durch ein Schulterzucken gab sie mir zu verstehn, daß, was geschah, nicht mir persönlich galt. Nichts hätte zu andern Zeiten uns hindern können, uns Schwester zu nennen, das las ich der Gegnerin vom Gesicht ab, in dem Agamemnon, der Trottel, Liebe und Ergebenheit und Wiedersehensfreude sehen sollte und auch sah. Worauf er den roten Teppich hinaufstolperte wie der Ochs ins Schlachthaus, wir dachten es beide, und in den Mundwinkeln der Klytaimnestra erschien das gleiche Lächeln wie in den meinen. Nicht grausam. Schmerzlich. Daß das Schicksal uns nicht auf die gleiche Seite gestellt hat. Ich trau's der andern zu, daß sie weiß: Auch sie wird von jener Blindheit befallen, die an Macht gekoppelt ist. Auch sie wird die Zeichen übersehen. Auch ihr Haus wird untergehn.

Das hab ich lange nicht begriffen: daß nicht alle sehen konnten, was ich sah. Daß sie die nackte bedeutungslose Gestalt der Ereignisse nicht wahrnahmen. Ich dachte, sie hielten mich zum Narren. Aber sie glaubten sich ja. Das muß einen Sinn haben. Wenn wir Ameisen wären: Das ganze blinde Volk stürzt sich in den Graben, ertränkt sich, bildet die Brücke für die wenigen Überlebenden, die der Kern des neuen Volkes sind. Ameisengleich gehn wir in jedes Feuer. Jedes Wasser. Jeden Strom von Blut. Nur um nicht sehn zu müssen. Was denn? Uns.

Als hätt ich einem Schiff, das ruhig lag, die Kette gelöst, unaufhaltsam schwimmt es im Strom, weiter hinunter, zurück. Als ich ein Kind war. Als ich ein Kind war, hatte ich einen Bruder namens Aisakos, den liebte ich über alles, und er mich. Mehr als mich liebte er nur seine junge schöne Frau Asterope, und als die im Kindbett starb, konnte auch er nicht mehr leben und sprang von den Klippen ins Meer, wurde aber ein übers andre Mal von seinen Bewachern gerettet. Bis er doch einmal unterging, nicht gefunden wurde, bis an der Stelle, in der er ins Meer eingetaucht war, ein schwarzer Tauchvogel mit rotem Hals auftauchte, in dem der Orakeldeuter Kalchas die verwandelte Gestalt des Aisakos erkannte und den man sofort unter den Schutz der Allgemeinheit stellte. Ich allein – wie konnt ich es vergessen: Das war das erstemal! – ich allein wand mich tage- und nächtelang schreiend, in Krämpfen auf meinem Lager. Selbst wenn ich es hätte glauben können, aber ich glaubte es nicht, daß mein Bruder Aisakos ein Vogel war; daß die Göttin Artemis, der man Seltsamkeiten zutraute, ihm, indem sie ihn verwandelte, seine innigste Sehnsucht erfüllt habe: Ich wollte keinen Vogel anstelle meines Bruders. Ich wollte ihn, Aisakos, den kräftigen, warmhäutigen Mann mit dem braunen Kraushaar, der anders als alle meine Brüder im Palast zu mir war; der mich auf den Schultern nicht nur durch alle Höfe, auch durch die Gassen der Stadt trug, die um die Zitadelle gebaut war, die jetzt zerstört ist wie sie und in der alle die Leute, die jetzt tot oder gefangen sind, ihn grüßten. Der mich »meine arme kleine Schwester« nannte und mich mit hinausnahm ins freie Gelände, wo der Seewind

51

durch die Olivenbäume strich, die Blätter silbern aufblitzen ließ, so daß der Anblick mir wehtat; der mich schließlich mitnahm in jenes Dorf am Abhang des Ida-Berges, wo er zu Hause war, denn sein Vater war zwar Priamos, aber seine Mutter war Arisbe, die mir damals uralt vorkam, auch unheimlich, und deren weiße Augen ich aus dem Dunkel eines kleinen, mit Kräutern behängten Raumes hervorblitzen sah, während Asterope, des Aisakos junge schlanke Frau, ihren Mann mit einem Lächeln begrüßte, das mir ins Fleisch schnitt. Ihn wollte ich wiederhaben, mit Haut und Haar, schrie ich, ihn ihn ihn ihn. Aisakos. Und nie wollte ich, aber das dachte ich nur, ein Kind.

Ja: Damals war es, als ich zum erstenmal hörte: Sie ist von Sinnen. Hekabe die Mutter hat mit Armen, in denen Männerkraft steckte, meine zuckenden bebenden Schultern gegen die Wand gedrückt – immer das Zucken meiner Glieder, immer die kalte harte Wand gegen sie, Leben gegen Tod, die Kraft der Mutter gegen meine Ohnmacht; immer eine Sklavin, die meinen Kopf festhielt, und immer der braune bittere Saft, den Parthena die Amme mir einflößte; immer der schwere Schlaf und die Träume. Jenes Kind der Asterope und des Aisakos, das mit seiner Mutter zusammen bei der Geburt gestorben war, wuchs in mir. Als es reif war, wollte ich es nicht zur Welt bringen, da spie ich es aus, und es war eine Kröte. Vor der ekelte ich mich. Merops, der uralte Traumdeuter, hörte mich aufmerksam an. Dann empfahl er der Hekabe, aus der Nähe dieser Tochter alle Männer zu entfernen, die Aisakos ähnlich sähen. Wie er sich das vorstellte, soll Hekabe den Alten zornig gefragt haben. Der zuckte die Achseln und ging. Priamos setzte sich an mein Lager und besprach mit mir in allem Ernst Staatsgeschäfte. Schade sei es, jammerschade, daß nicht ich, an seiner Stelle und in seinen Kleidern, am

Morgen auf dem hochlehnigen Stuhl im Rat sitzen könne. Ich liebte den Vater noch mehr als sonst, wenn er sich um mich sorgte. Daß er Schwierigkeiten persönlich nahm, wußte jeder im Palast, ich nahm es als Stärke, alle anderen als Schwäche. Da wurde es zur Schwäche.

Rasend schnell die Abfolge der Bilder in meinem müden Kopf, die Worte können sie nicht einholen. Merkwürdige Ähnlichkeit der Spuren, welche verschiedenste Erinnerungen in meinem Gedächtnis vorfinden. Immer leuchten diese Gestalten auf, wie Signale. Priamos, Aisakos, Aineias, Paris. Ja. Paris. Paris und das Unternehmen DRITTES SCHIFF, das mir in allen seinen Voraussetzungen und Folgen klar vor Augen steht, während ich mich damals in undurchschaubarer Wirrnis beinah verlor. Das DRITTE SCHIFF. Es kam vor, vielleicht, weil ich mich zu der Zeit, da es ausgerüstet wurde, gerade auf die Weihe zur Priesterin vorbereitete, daß ich mich mit diesem Schiff gleichsetzte, daß ich insgeheim mein Schicksal mit dem seinen verband. Was hätte ich darum gegeben, mit ihm hinauszufahren. Nicht nur, weil ich wußte: Diesmal würde Aineias seinen Vater Anchises auf der Fahrt begleiten; nicht nur, weil das Ziel der Expedition, wenn man es scharf ins Auge fassen wollte, immer wieder verschwamm und genug Platz für wunderbare Erwartungen ließ – nein: aufgewühlt und zum Äußersten bereit war ich durch die allmähliche, mühsame Enthüllung heikelster Punkte aus der Geschichte unsres Hauses, durch das unvermutete Auftauchen eines verlorenen ungekannten Bruders. Sehr nah, wieder einmal allzu nah ging mir der fremde junge Mann, der da urplötzlich an den Gedächtnisspielen für einen früh verstorbenen namenlosen Bruder teilnahm; ich mußte ihn nicht kennen, um bei seinem Anblick zu zittern, unerträglich brannte mich seine Schönheit, ich schloß die Augen, um ihr nicht länger ausgesetzt zu sein. Er sollte alle Kämpfe gewinnen! Er gewann alle: den Faustkampf, den ersten Lauf, dann den zweiten, zu dem meine neidischen Brüder ihn mehr gezwungen als gebeten hatten. Diesen Kranz setzte ich ihm auf, man hatte es mir nicht abschlagen können. Mein ganzes Wesen kam ihm entgegen. Er bemerkte es nicht. Sein Gesicht schien mir verschleiert, so als sei nur sein Körper anwesend und ihm zu Willen, nicht aber sein Geist. Er war seiner selbst nicht inne. So blieb es, wenn ich es recht bedenke, ja, so blieb es. Doch ist diese Selbstfremdheit eines Prinzen der Schlüssel zu einem großen Krieg? Sie werden es so auslegen, fürchte ich. Sie brauchen diese persönlichen Gründe.

Da ich mitten im Stadion war, mußte ich mir erzählen lassen, was inzwischen draußen geschah: die Abriegelung aller Ausgänge durch die Wachsoldaten des Königshauses – zum erstenmal hörte man, ein junger Offizier namens Eumelos habe sich dabei durch Umsicht und Konsequenz hervorgetan –, strenge Kontrollen. Drinnen, in meiner Nähe, ich sah es: Hektor und Deiphobos, meine beiden ältesten Brüder, drangen mit gezücktem Schwert auf den eher erstaunten als erschrockenen Fremdling ein. Begriff er wirklich nicht, daß die Reihenfolge der Sieger bei den Spielen festlag; daß er ein Gesetz verletzt hatte? Er begriff es nicht.

Dann, über dem drohend anschwellenden Summen des Stadions die durchdringende Stimme: Priamos! Dieser da ist dein Sohn. Und ich, warum nur, wußte im gleichen Augenblick: Das war die Wahrheit. Erst dann des Vaters Handbewegung, die die Schwerter der Brüder lähmte. Das Kopfnikken der starren Mutter, nachdem der alte Hirte ihr ein Windelband gezeigt hatte. Und des Fremdlings bescheidene Antwort auf die Frage des Königs nach seinem Namen: Paris. – Unterdrücktes Gelächter der Geschwister: Tasche,

Beutel hieß dieser neue Bruder. Ja, sagte der alte Hirte, die Tasche, in der er ihn, den Sohn des Königs und der Königin, als einen Winzling im Gebirge herumgetragen hatte. Er wies die Tasche vor, sie war so alt wie er selbst, wenn nicht älter. Dann, in einem jener jähen Umschläge, die für unsre öffentlichen Ereignisse bezeichnend sind (waren), der Triumphzug zum Palast, Paris in dessen Mitte. Halt. Glich dieser Zug nicht jenem andern, in dessen Mitte der weiße Opferknabe. Ich, wieder einmal stumm in der aufgeregt schnatternden Schar der Schwestern, weh und wund, aufgerissen.

Ich hatte so eine Gier, diesmal, weil es um Paris ging, wollt ich alles herausfinden. Sagte auch so etwas, glaub ich. Peinlicherweise. Nun. Später hab ich nicht mehr geglaubt, daß die Ereignisse es mir schuldig seien, sich zu offenbaren. In diesen frühen Jahren lief ich ihnen nach. Stillschweigend voraussetzend, vor mir, als der Tochter des Königs Priamos, würden alle Türen und alle Münder aufspringen. Wohin ich kam, gab es dann keine Türen, nur Felle vor höhlenartigen Behausungen. Auch war mir meine angelernte Höflichkeit im Wege, die drei Hebammen, die den Paris, überhaupt fast alle Kinder der Hekabe aus dem Mutterschoß gezogen hatten – uralte, zottelige Weiber –, dringlich zu befragen. Ohne Marpessa, die mich führte, ohne meine Scham vor ihr wär ich umgekehrt. Zum erstenmal sah ich die Wohnhöhlen am Steilufer unsres Flusses Skamandros aus der Nähe, das gemischte Volk, das vor den Eingängen lagerte, die Ufer sprenkelte, im Fluß seine Wäsche wusch, unerfindlich, wovon es lebte; durch das ich wie durch eine Schneise des Schweigens ging, nicht bedrohlich, nur eben fremd, während Marpessa nach allen Seiten grüßte, von überall her Zurufe empfing, obszöne Männerwörter dabei, auf die sie in der Zitadelle scharf erwidert hätte, die sie hier lachend zurückgab. Kann die Tochter des Königs eine Sklavin beneiden? Ja wirklich, das waren so Fragen. Daß ich sie noch weiß. Das Schönste an Marpessa, sah ich, war ihr Gang, kräftig aus der Hüfte heraus bewegte sie die Beine, den Rücken gerade aufgerichtet, mühelos. Ihr dunkles Haar in zwei Zöpfen hochgesteckt. Sie kannte auch das Mädchen, das die drei uralten Mütter betreute. Oinone, ein ganz junges Geschöpf von auffallendem Liebreiz, selbst für diese Gegend, die für die Schönheit ihrer Frauen berühmt war; »am Skamandros«, das war eine Formel unter den jungen Männern im Palast, wenn es Zeit für ihr erstes Mädchen war, ich hatte es bei den Brüdern aufgeschnappt.

Stolz nannte ich den drei Hebammen meinen richtigen Namen, Marpessa hatte mir davon abgeraten. Wie. Mich sollten die drei Alten zum Narren halten! O die drei alten Vetteln. Einen Sohn des Priamos? Ha. Dutzende davon hätten sie auf die Welt gebracht. Neunzehn, berichtigte ich, damals hielt ich noch auf Familienehre. Die Zahl bestritten die Alten, stritten auch untereinander. Aber sie können nicht zählen, versicherte lachend Oinone. Oinone, Oinone, den Namen hörte ich doch nicht zum erstenmal? Wer sprach ihn sonst aus. Eine Männerstimme. Paris. – War ich ihr nicht schon im Palast begegnet? Immer wenn ich aus dem Weichbild der Zitadelle kam, geriet ich in diese undurchsichtigen, oft genug kränkenden Verhältnisse. Schroffer als nötig fragte ich die Mütter, warum nach ihrer Meinung einer, ein ganz bestimmter unter den Dutzenden von Söhnen des Priamos nicht habe aufgezogen werden sollen. Nicht aufgezogen? Das Wort selbst schienen die drei alten Heuchlerinnen nicht zu kennen. O nein, gewiß nicht. Das habe es zu ihrer Zeit nicht gegeben. Nicht daß sie wüßten. Bis eine, fast träumerisch, verlauten ließ: Ja, wenn Aisakos lebte! Aisakos? Blitzschnell stieß ich nach. Dreifaches Schweigen.

Auch Oinone schwieg. Marpessa schwieg. Sie war, was denk ich da. Ist! – in meinem Leben die Schweigsamste.

Auch der Palast. Ein Palast des Schweigens. Hekabe, ihren Zorn unterdrückend, schwieg. Parthena die Amme, ihre Angst offen zeigend, schwieg. Ich lernte, indem ich die Arten zu schweigen beobachtete. Viel später erst lernte ich selbst das Schweigen, welch nützliche Waffe. Das eine Wort, das ich kannte, drehte und wendete ich: Aisakos, bis plötzlich eines Nachts ein zweiter Name aus ihm herausfiel: Arisbe. War sie nicht des Aisakos Mutter gewesen. Ob es sie noch gab?

Zum erstenmal erfuhr ich, was ich dann oft erprobte, daß die Vergessenen voneinander wissen. Ich traf, nicht ganz zufällig, die kluge Briseis, die Tochter des abtrünnigen Sehers Kalchas, der in Windeseile unter die Vergessenen gefallen war, auf dem großen Herbstmarkt vor den Toren Troias, auf dem der Ost-West-Handel blühte; und stellte ihr die törichte Frage, ob sie mich noch kenne. Wer kannte mich nicht. Briseis hatte ihre besonders leuchtenden Web-waren ausgelegt. Sie, die schon früher überaus eigenwillig, auch leidenschaftlich gewesen war, ließ die Käufer stehn, um mir bereitwillig und unpersönlich zu beschreiben, wo ich Arisbe fand: auf dem gleichen Markt nämlich, in der Töpferzeile. Ich ging, fragte niemand, sah in die Gesichter: Arisbe sah aus wie ein älterer Aisakos. Kaum daß ich ihr nahekam, murmelte sie, ich solle sie in ihrer Hütte besu-chen, da und da, am Fuße des Ida-Bergs. Also war sie unterrichtet, daß ich kam. Also tat ich keinen unbeobachte-ten Schritt. Dabei fielen mir die Wächter des Priamos, die mir folgten, nicht einmal auf, ich war ein dummes junges Ding. Als einer sie mir zum erstenmal zeigte – Panthoos der Grieche natürlich –, spielte ich mich auf, lief zum Vater, stieß auf den König, die Maske. Bewacher? Wie ich darauf komme. Beschützer seien die jungen Burschen. Ob ich sie brauche, das müsse schon er entscheiden, nicht ich. Wer nichts zu verbergen habe, brauche das Auge des Königs nicht zu scheun.

Zu Arisbe ging ich allein, soviel ich weiß.

Wieder im Umkreis der Stadt diese Neben-, ja Gegenwelt, die, anders als die steinerne Palast- und Stadtwelt, pflanzenhaft wuchs und wucherte, üppig, unbekümmert, so als brauchte sie den Palast nicht, so als lebte sie von ihm abgewandt, also auch von mir. Man kannte mich, grüßte mich gleichmütig, ich aber grüßte eine Spur zu eilfertig zurück. Demütigend war es mir, dorthin um Auskünfte zu gehn, die der Palast mir verweigerte. »Verweigerte« habe ich lange gedacht, bis ich begriff, daß sie nicht verweigern konnten, was sie nicht hatten. Daß sie die Fragen nicht einmal verstanden, auf die ich Antwort suchte und die, mehr und mehr, meinen innigen Zusammenhang mit dem Palast, mit meinen Leuten zerstörten. Ich merkte es zu spät. Das fremde Wesen, das wissen wollte, hatte sich schon zu weit in mich hineingefressen, ich konnte es nicht mehr loswerden.

Arisbes Hütte, wie armselig, wie klein. Hier hatte der große starke Aisakos gelebt? Die würzigen Düfte, die Kräuterbündel an Decke und Wänden, über dem offenen Feuer in der Mitte ein dampfender Sud. Die Flamme flackerte und rauchte, sonst herrschte Dunkelheit. Arisbe weder freundlich noch unfreundlich, ich aber war Freundlichkeit gewöhnt und brauchte sie noch. Ohne zu zögern gab sie mir die Auskünfte, nach denen ich verlangte. Ja: Aisakos sei es gewesen, mein Halbbruder, der gottbegnadete Seher, der vor der Geburt jenes Knaben, den sie jetzt Paris nannten, verkündete: Auf diesem Kind liege ein Fluch. Aisakos! Derselbe harmlose Aisakos, auf dessen Schultern ich geritten war? Arisbe, ungerührt: Aber ausschlaggebend sei natürlich der Traum der Hekabe gewesen. Die nämlich hatte, wenn ich Arisbe glauben konnte, kurz vor der Geburt des Paris geträumt, sie gebäre ein Holzscheit, aus dem unzählige brennende Schlangen hervorkrochen. Dies hieß nach der Deutung des Sehers Kalchas: Das Kind, das Hekabe gebären sollte, werde ganz Troia in Brand stecken. Unerhörte Nachrichten. Wo lebte ich denn.

Arisbe, das massige Weib am Feuer, im stinkenden Topf rührend, fuhr fort mit ihrer Trompetenstimme: Allerdings sei des Kalchas Deutung nicht unwidersprochen geblieben. Auch ihr selbst sei dieser Traum der schwangeren Königin unterbreitet worden. Von wem! warf ich hastig ein, und sie erwiderte flüchtig: Von Hekabe. Sie habe ihm nach reiflichem Überlegen eine andre Wendung geben können. Nämlich, fragte ich schroff, ich glaubte selbst zu träumen: Hekabe die Mutter in Angstträumen, die sie unter Umgehung des offiziellen Orakelsprechers der früheren Nebenfrau ihres Mannes, des Königs, unterbreitet – ja waren sie alle verrückt? Oder vertauscht, wie ich es als Kind so oft gefürchtet hatte? – Nämlich daß dieses Kind, sagte Arisbe, dazu bestimmt sein könnte, die Schlangengöttin als Hüterin des Feuers in jedem Hause wieder in ihre Rechte einzusetzen. Meine Kopfhaut zog sich zusammen, es mußte gefährlich sein, was ich mit anhörte. Arisbe lächelte, da wurde ihre Ähnlichkeit mit Aisakos schmerzhaft. Ob ihre Deutung König Priamos gefallen habe, wisse sie nicht. Mit diesem Rätselsatz entließ sie mich. Was hat alles geschehen müssen, eh diese Hütte mein wirkliches Heim geworden ist.

Jetzt mußte ich mich doch noch an den Vater wenden. Es war dahin gekommen, daß ich mich melden lassen mußte wie jeder andre. Einer der jungen Leute, die mir seit Wochen nachgestiegen waren, stand jetzt, schweigsam und deutlich, vor Priamos' Tür. Wie hieß dieser doch? Eumelos?

Ja, sagte Priamos, ein fähiger Mann. Er gab sich beschäftigt. Zum erstenmal kam mir der Gedanke, die Vertraulichkeit zwischen uns beruhe, wie so oft zwischen Männern und Frauen darauf, daß ich ihn kannte und er mich nicht. Er kannte sein Wunschbild von mir, das hatte stillzuhalten. In voller Tätigkeit hatte ich ihn immer gern gesehn, unsicher und seine Unsicherheit hinter Geschäftigkeit verbergend nicht. Herausfordernd nannte ich Arisbes Namen. Priamos fuhr auf: Intrigierte seine Tochter gegen ihn? Schon einmal habe es im Palast eine Weiberintrige gegeben, damals vor des Paris Geburt. Die einen hätten ihn beschworen, das gefährliche Kind beiseite zu schaffen, die andern, natürlich Hekabe dabei, wollten gerade diesen Sohn als zu Höherem auserwählt retten. Zu Höherem! Also zum Anwärter auf den Thron des Vaters, was denn sonst.

Der Satz zerriß mir ein Gespinst vor den Augen. Endlich begriff ich, was ich als Kind aufgenommen hatte: verschlossene oder verstörte Mienen, ein Ring von Ablehnung, ja Abscheu um den Vater, den ich bewußt durchbrach: Lieblingstochter! Die Entfremdung von der Mutter, Hekabes Verhärtung. Und nun? Paris lebte. Ja, sagte Priamos. Der Hirte hat es nicht über sich gebracht, ihn zu töten. Ich wette, daß er von den Frauen bestochen war. Gleichviel. Lieber mag Troia fallen, als daß mein wunderbarer Sohn sterben sollte.

Ich war verblüfft. Was plusterte er sich auf? Und wieso sollte Troia fallen, wenn Paris lebte? Und hat der König die Zunge eines Hundes, die ihm der Hirte als Beweisstück gebracht, wirklich nicht von der eines Säuglings unterscheiden können? Ein aufgeregter Läufer meldete die Ankunft des Menelaos, König von Sparta, sein Schiff war es also gewesen, dessen Annäherung wir seit dem Morgengrauen beobachteten. Hekabe kam herein, in Staatsgeschäften, schien

60

mich nicht zu sehn: Menelaos. Du weißt? Vielleicht gar nicht so übel.

Ich ging. Während der Palast sein Bestes tat, den Gast zu empfangen, der seltsamerweise an zwei unsrer Heroengräber opfern wollte, um die Pest in Sparta zum Stillstand zu bringen; während die Tempel aller Götter Staatszeremonien vorbereiteten, pflegte ich meine verquere Genugtuung. Mit Genugtuung fühlte ich die Kälte, die sich in mir ausbreitete. Ich wußte noch nicht, daß Fühllosigkeit niemals ein Fortschritt ist, kaum eine Hilfe. Wie lange es dauerte, bis meine Gefühle in die verödeten Seelenräume wieder einströmten. Meine Wiedergeburt gab mir nicht nur die Gegenwart zurück, das, was man Leben nennt, sie erschloß mir auch die Vergangenheit neu, unverzerrt durch Kränkung, Zu- und Abneigung und alle die Luxus-Empfindungen der Priamostochter. Wie ich triumphgeschwollen beim Gastmahl saß, an dem Platz in der Reihe der Geschwister, der mir zustand. Jemand, der so getäuscht worden war wie ich, war denen nichts mehr schuldig. Ich hätte, vor allen anderen, ein Anrecht gehabt, zu wissen. Um sie zu strafen, mußte ich in Zukunft mehr wissen als sie. Priesterin werden, um Macht zu gewinnen? Götter. Bis an diesen äußersten Punkt habt ihr mich treiben müssen, um diesen schlichten Satz aus mir herauszupressen. Wie schwer es bis zuletzt die Sätze haben, die mich angreifen. Um wieviel schneller und leichter die Sätze passieren, die auf andre zielen. Arisbe hat es mir einmal klipp und klar gesagt, wann war das doch, Marpessa.

In der Mitte des Kriegs, sagt sie. Lange schon trafen wir uns abends am Hang des Idabergs vor den Höhlen, wir Frauen. Auch die uralten Hebammen lebten immer noch und kicherten mit ihren zahnlosen Mündern, und selbst du hast damals gelächelt, Marpessa, auf meine Kosten. Nur ich lachte nicht.

Meine alte Gekränktheit schwoll in mir an, da sagte Arisbe, anstatt ein Gesicht zu ziehn, solle ich heilfroh sein, daß es Leute gebe, die mir unverblümt die Meinung sagten. Welche Tochter aus mächtigem Hause habe schon dies Glück. Schon wahr, sagte ich, laß gut sein. Mehr als alles, glaub ich, liebte ich Arisbes Humor. Unvergeßlicher Anblick, wie sie, mächtiger Körper, auf diesem vermodernden Baumstamm vor der Höhle hockte und mit ihrem Stocke uns den Takt klopfte. Wer würde uns glauben, Marpessa, daß wir mitten im Krieg regelmäßig zusammenkamen, außerhalb der Festung, auf Wegen, die außer uns Eingeweihten niemand kannte; daß wir, weit besser unterrichtet als irgendeine andre Gruppe in Troia, die Lage besprachen, Maßnahmen berieten (auch durchführten), aber auch kochten, aßen, tranken, miteinander lachten, sangen, spielten, lernten. Immer gab es Monate, in denen die Griechen, hinter ihren Uferpalisaden verschanzt, uns nicht angriffen. Sogar der Große Markt vor den Toren Troias konnte abgehalten werden, im Angesicht der griechischen Flotte. Und nicht selten erschien einer ihrer Fürsten – Menelaos, Agamemnon, Odysseus oder einer der beiden Aiasse – zwischen den Ständen und Buden, begrapschte die Waren, die er oft nicht kannte, und kaufte für sich oder seine Frau Stoffe, Lederwaren, Geschirr und Gewürze. Als Klytaimnestra vorhin auftrat, erkannte ich sie sofort an dem Kleid: Den Stoff zu diesem Kleid trug ein Sklave hinter dem unglückseligen Agamemnon her, als ich ihn auf unserm Markt zum erstenmal sah. Gleich mißfiel mir etwas an der Art seines Auftretens, herrisch drängte er sich an Arisbes Stand nach vorn, schob die Keramiken wählerisch hin und her und zerbrach eine der schönsten Vasen, die er, auf ein Wort von Arisbe, hastig bezahlte, um dann unter dem Gelächter der Zuschauer mit seinem Gefolge zu entfliehn. Er hatte gesehn, daß ich ihn gesehn hatte.

Der rächt sich, sagte ich zu Arisbe, und es beunruhigte mich tief, daß der große und berühmte Flottenführer der Griechen ein Schwächling ohne Selbstbewußtsein war. Um wieviel besser ist ein starker Feind. Manchmal erhellt ja ein kleiner Zug einen großen Vorgang. Mir war plötzlich klar, daß es stimmen konnte, stimmen mußte, was ein griechischer Überläufer berichtet hatte und was auf Befehl des Priamos nicht weiterverbreitet werden durfte, damit das Volk den Feind nicht für ein Ungeheuer halten sollte: daß dieser selbe Agamemnon seine eigne Tochter, ein junges Mädchen namens Iphigenie, vor der Überfahrt seiner Flotte auf dem Opferaltar der Göttin Artemis schlachten ließ. Wie oft ich all die Kriegsjahre über an diese Iphigenie denken mußte. Das einzige Gespräch, das ich mir mit diesem Mann erlaubte, ging um diese Tochter. Auf dem Schiff war es, am Tag nach der Sturmnacht, ich stand am Heck des Schiffs, er neben mir. Tiefblauer Himmel und die weiße Gischtlinie, die das Schiff im glatten grünblauen Meer hinterließ. Rundheraus fragte ich den Agamemnon nach Iphigenie. Er weinte, aber nicht, wie man aus Trauer weint: aus Angst und Schwäche. Er habe es doch tun müssen. Was, fragte ich kalt, ich wollte, daß er es aussprach. Er wand sich. Er habe sie opfern müssen. Das war nicht, was ich hören wollte, aber Wörter wie »morden«, »schlachten« sind ja den Mördern und Schlächtern unbekannt. Wie weit ich mich, auch in meiner Sprache, von ihnen entfernt hatte. Euer Kalchas, rief Agamemnon anklagend, hat um günstger Winde willen dies Opfer strikt von mir verlangt. Und du hast ihm geglaubt, hab ich gesagt. Ich vielleicht nicht, greinte er. Nein, ich nicht. Die anderen, die Fürsten. Ein jeder neidisch auf mich, den Befehlshaber. Ein jeder schadenfroh. Was kann ein Führer gegen ein Heer von Abergläubischen. Laß mich in Ruhe, sagte ich. Groß vor mir stand der Klytaimnestra Rache.

Damals, nach der ersten Begegnung mit diesem Unglücksmenschen, sagte ich Arisbe: Dem Priamos hätte kein Priester ein solches Opfer abverlangen dürfen. Arisbe sah mich groß an, da fiel mir Paris ein. War es dasselbe. War es wirklich dasselbe: einen Säugling heimlich töten lassen und ein erwachsnes Mädchen öffentlich schlachten? Und ich erkannte nicht, daß es dasselbe war? Weil es nicht mich, die Tochter, betraf, sondern Paris, den Sohn? Du brauchst viel Zeit, meine Liebe, sagte Arisbe.

Ich brauchte viel Zeit. Meine Vorrechte stellten sich zwischen mich und die allernötigsten Einsichten, auch meine Anhänglichkeit an die eignen Leute, die nicht von den Vorrechten abhing, die ich genoß. Beinah erschrak ich, daß mir das steif-stolze Gehabe der Königsfamilie peinlich war, als wir in feierlichem Zug, gemeinsam mit dem Gastfreund Menelaos, der Pallas Athene ihr neues Gewand brachten. Neben mir Panthoos, den ich spöttisch lächeln sah. Lachst du den König aus, fragte ich ihn scharf. Da sah ich zum erstenmal etwas wie Angst in seinen Augen. Und ich sah, er hatte einen sehr zerbrechlichen Körper, auf dem ein etwas zu großer Kopf saß. Begriff, warum er mich »kleine Kassandra« nannte. Womit er im gleichen Moment aufhörte. Ebenso wie er aufhörte, mich nachts zu besuchen. Eine ganze Zeitlang besuchte niemand mich bei Nacht. Natürlich litt ich, haßte mich für die Träume, in denen ich mich auf verquere Weise befreite, bis sich dieser ganze Aufwand an Gefühl als das herausstellte, was er war: Unsinn, und sich in Nichts auflöste.

Das denkt sich so, aber was soll ich machen, ich habe es hinter mir. Der Übertritt aus der Palastwelt in die Welt der Berge und Wälder war auch der Übergang von der Tragödie in die Burleske, deren Kern es ist, daß man sich selbst nicht tragisch nimmt. Wichtig – das ja, und warum auch nicht.

Aber eben nicht tragisch, wie die oberen Schichten im Palast es tun. Tun müssen. Wie anders könnten sie sich ein Recht auf ihre Selbstsucht einreden. Wie anders ihren Genuß noch steigern, als dadurch, daß sie ihm einen tragischen Hintergrund geben. Dabei hab ich ihnen tüchtig geholfen, auf meine Weise, also um so glaubhafter. Der Wahnsinn, der ins Gastmahl einbricht – was könnte grauenvoller und daher appetitsteigernder sein. Ich schäme mich nicht. Nicht mehr. Aber vergessen habe ich es auch nicht können. Wie ich, es war der Vorabend der Abreise des Menelaos, zugleich der Vorabend für das DRITTE SCHIFF, beim Königsmahl saß, rechts neben mir Hektor, den wir Geschwister unter uns »dunkle Wolke« nannten, links, beharrlich schweigend, Polyxena. Gegenüber der ganz junge liebreizende Bruder Troilos mit der klugen Briseis, des abtrünnigen Kalchas Tochter: beide ein Paar, das sich, was meiner Eitelkeit schmeichelte, ausgerechnet unter meinen Schutz gestellt hatte. Am Kopf der Tafel Priamos, Hekabe, Menelaos, der Gast, den niemand mehr »Gastfreund« nennen sollte. Was? Wer verbot denn das! Eumelos, hieß es. Eumelos? Wer ist Eumelos. Achja. Jener Mann im Rat, dem jetzt die Palastwache unterstand. Seit wann entschied ein Offizier über den Gebrauch von Wörtern. Seitdem die, die sich die »Königspartei« nannten, in dem Spartaner Menelaos nicht den Gastfreund, sondern den Kundschafter oder Provokateur sahn. Den künftigen Feind. Seitdem sie ihn mit einem Sicherheitsnetz umgeben hatten. Ein neues Wort. Dafür gab man das alte, Gastfreund, her. Was sind Wörter. Auf einmal sahn sich, die an »Gastfreund« festhielten, auch ich, beargwöhnt. Aber die Palastwache war ein kleiner Haufen, der nur an hohen Festtagen in Prachtuniform den König umgab. Dies würde anders werden, und zwar gründlich, versprach Eumelos. Wer? Eumelos. Der wurde schief angesehen, der den Namen immer noch nicht kannte. Eumelos, Sohn eines niedrigen Schreibers und einer Sklavin aus Kreta. Den jedermann – jedermann in der Umgebung des Palastes – auf einmal »fähig« nannte. Ein fähiger Mann am rechten Platz. Doch hatte diesen Platz der Fähige für sich erfunden. Na und? War es nicht immer so! Aussprüche des Eumelos kursierten unter der Beamtenschaft, die abgeschmackt waren und über die ich mit Bruder Troilos und seiner Briseis sarkastische Bemerkungen tauschte. Nun traf ich junge Männer mit den Insignien der Palastwache auf den Straßen Trojas, die sich anders benahmen, als junge Männer sich bei uns zu benehmen pflegten. Anmaßend. Mir verging das Lachen. Ich bin blöd genug, sagte ich Panthoos, zu denken, einige folgen mir. Sie sind blöd genug, dir zu folgen, sagte Panthoos. Mindestens, wenn du zu mir kommst. Panthoos der Grieche war als der Konspiration mit Menelaos dem Griechen verdächtig unter Beobachtung gestellt. Jeder, der sich ihm näherte, geriet ins Netz. Auch ich. Kaum zu glauben: Der Himmel verdunkelte sich. Fatal der leere Raum, der sich um mich gebildet hatte.

Abends beim Gastmahl konnte man die Gruppierungen mit den Augen unterscheiden, das war neu. Hinter meinem Rücken hatte Troia sich verändert. Hekabe die Mutter war nicht auf der Seite dieses Eumelos. Ich sah, wie ihr Gesicht versteinte, wenn er sich ihr näherte. Anchises, des Aineias vielgeliebter Vater, schien die Gegenpartei anzuführen. Freundschaftlich und offen sprach er mit dem irritierten Menelaos. Priamos schiens allen recht machen zu wollen. Paris aber, mein geliebter Bruder Paris, gehörte schon dem Eumelos. Der schlanke schöne Jüngling, hingegeben an den massigen Mann mit dem Pferdegesicht.

Über ihn hab ich viel nachdenken müssen. Immer, wenn ich es recht überlege, hat er nach Beachtung geschielt. Sich vordrängeln müssen. Wie sein Gesicht sich verändert hatte, angestrengt war es jetzt, eine Spannung um die Nase herum verzerrte es eigentümlich. Seine blonden Locken zwischen den dunklen Köpfen der anderen Söhne und Töchter der Hekabe. Wie Eumelos das Gewisper um die ungewisse Herkunft des Paris zum Schweigen brachte: Sehr wohl sei dieser Paris aus königlichem Geblüt, nämlich der Sohn unsrer verehrten Königin Hekabe und eines Gottes: Apollon. Des Paris affektierte Kopfbewegung, wenn jemand auf seine göttliche Herkunft anspielte, was uns allen peinlich war, denn im Palast brauchte man kein Wort darüber zu verlieren, daß eine Behauptung wie die göttliche Abkunft eines Menschen als Gleichnis zu verstehen war. Wer wußte denn nicht, daß jene Kinder, die nach der zeremoniellen Entjungferung der Frauen im Tempel zur Welt kamen, alle göttlicher Abkunft waren. Und daß die Palastgarde eine drohende Haltung einnahm, wenn irgend jemand, mochte es selbst Hektor sein, der Königsnachfolger, den Paris weiter mit seinem Namen verspottete: Tasche Tasche. Aber Spott war unser liebstes Gesellschaftsspiel. Sollte man sich also nicht mokieren dürfen über den Plan, die verwitterte Hirtentasche, in welcher der Hirte Paris getragen hatte, neben Bogen und Lyra des Gottes am Apollon-Tempel aufzuhängen? Nein. Die Priesterin Herophile, jene dünnlippige lederwangige Frau, die mich nicht leiden konnte, verhinderte die Gotteslästerung. Aber des Eumelos Truppe setzte durch, daß vor dem Südtor, durch das Paris nach Troia zurückgekommen war, eine ausgestopfte Bärin aufgestellt wurde: Zum Zeichen, daß eine Bärin das Königskind Paris säugte, welches seine Eltern aussetzen ließen.

Auch daß der arme Bruder so viele Mädchen brauchte. Klar: Alle meine Brüder nahmen sich die Mädchen, die ihnen gefielen, wohlwollend kommentierte in glücklichen

Zeiten der Palast die Liebesgeschichten der Königssöhne, und die Mädchen, meist aus den unteren Schichten, auch Sklavinnen, fühlten sich weder beleidigt noch besonders erhoben durch das Verlangen meiner Brüder. Hektor zum Beispiel hielt sich zurück, sein mächtiger schwerfälliger Körper ruhte am liebsten, bewundernd haben wir alle mit angesehen, wie er sich dann, ganz gegen seine Neigung, für den Krieg trainierte. Und für Andromache, das war nicht zu unterscheiden. Wie er laufen konnte – Götter! – als Achill das Vieh ihn um die Festung jagte.

Keiner von uns, keine Seherin, kein Orakelsprecher, hat an jenem Abend auch nur den Hauch einer Ahnung verspürt. Im Mittelpunkt des Interesses stand nicht Eumelos, schon gar nicht Paris, aber auch nicht der Gast Menelaos: Der Palast richtete seine Augen auf Briseis und Troilos, das Paar schlechthin, unwillkürlich lächelte jeder, der die beiden ansah. Briseis war des Troilos erste Liebe, und keiner konnte zweifeln, wenn er sagte, es werde auch seine letzte sein. Briseis, kaum älter, aber reifer als er, schien ihr Glück kaum fassen zu können; seit ihr Vater uns verlassen hatte, war sie nicht mehr heiter gewesen. Oinone dagegen, die sehr gelenkige Schöne, an der als erstes ihr Hals auffiel, ein Schwanenhals, auf dem der schön geformte Kopf saß – Oinone, die sich der Paris aus den Bergen mitgebracht hatte und die von den Leuten in der Küche angebetet wurde, schien bedrückt. Sie bediente bei Tisch, man hatte ihr das Königspaar und den Gast zugeteilt, ich sah, daß sie sich zu lächeln zwingen mußte. Auf dem Gang ertappte ich sie, wie sie einen Becher Wein auf einen Zug austrank. Das Beben in mir hatte schon begonnen, ich unterdrückte es noch. Ich würdigte die Gestalten keines Blickes, die sich in unsrer Nähe herumdrückten, und fragte Oinone, was ihr fehle. Der Wein und der Kummer hatten ihre Scheu vor mir weggeschwemmt. Paris sei krank, sagte sie mit bleichen Lippen, und keines ihrer Heilmittel könne helfen. Oinone, die nach Meinung der Dienerschaft in ihrem früheren Leben eine Wassernymphe gewesen sein sollte, war aller Pflanzen und ihrer Wirkung auf den menschlichen Organismus kundig, die meisten Kranken des Palastes gingen zu ihr. Die Krankheit des Paris sei ihr unbekannt und mache ihr Angst. Er liebe sie, dafür habe sie untrügliche Zeichen. Aber in ihren Armen rufe er laut den Namen einer andren Frau: Helena, Helena. Sie sei ihm von Aphrodite versprochen. Aber habe schon jemals ein Mensch gehört, daß Aphrodite, unsre liebe Liebesgöttin, einem Manne eine Frau zutreibt, die er gar nicht liebt? Nicht einmal kennt? Nur besitzen will, weil sie angeblich die schönste aller Frauen sei? Weil er durch ihren Besitz der erste aller Männer werde?

Ganz deutlich hörte ich hinter der zitternden Stimme der Oinone die heisere durchdringende Stimme des Eumelos, und mein inneres Beben wurde stärker. Wie jedem Menschen gab mir der Körper Zeichen; anders als andre war ich nicht imstande, die Zeichen zu übergehn. Unheil fürchtend trat ich wieder in den Saal, in dem die einen immer stiller, die andern, die dem Eumelos anhingen, lauter und dreister geworden waren. Paris, der schon zuviel getrunken hatte, erzwang von Oinone einen neuen Becher Wein, den er hinunterstürzte, worauf er den Griechen Menelaos, der sein Nachbar war, laut auf seine schöne Frau ansprach, Helena. Menelaos, ein nüchterner, nicht mehr junger, zu Dickleibigkeit und Stirnglatze neigender Mann, der Streit nicht suchte, gab dem Sohn des Gastgebers höflich Bescheid, bis seine Fragen so frech wurden, daß Hekabe, ungewöhnlich zornig, dem ungezogenen Sohn den Mund verbot. Todesstill wurde der Saal. Nur Paris sprang auf, schrie: Wie! Schweigen solle er? Schon wieder? Immer noch? Sich klein machen? Unsichtbar womöglich? O nein. Die Zeiten sind vorbei. Ich, Paris, bin nicht zurückgekommen, um zu schweigen. Ich, Paris, bin es, der des Königs Schwester von den Feinden wiederholt. Wenn sie mir aber verweigert wird, findet sich eine andre, schöner als sie. Jünger. Edler. Reicher. Es ist mir versprochen worden, daß ihr's wißt.

Nie vorher herrschte im Palast von Troia solche Stille. Ein jeder spürte, ein Maß, das bisher gültig war, wurde hier verletzt. So hatte nie ein Mitglied unserer Familie sprechen dürfen. Ich aber. Ich allein sah. Oder »sah« ich denn? Wie war das doch. Ich fühlte. Erfuhr – ja, das ist das Wort; denn eine Erfahrung war es, ist es, wenn ich »sehe«, »sah«: Was in dieser Stunde seinen Ausgang nahm, war unser Untergang. Stillstand der Zeit, ich wünsch es niemandem. Und Grabeskälte. Endgültige Fremdheit, schien es, gegenüber mir und jedermann. Bis endlich die entsetzliche Qual, als Stimme, sich aus mir, durch mich hindurch und mich zerreißend ihren Weg gebahnt hatte und sich losgemacht. Ein pfeifendes, ein auf dem letzten Loch pfeifendes Stimmchen, das mir das Blut aus den Adern treibt und die Haare zu Berge stehn läßt. Das, wie es anschwillt, stärker, gräßlicher wird, all meine Gliedmaßen ins Zappeln, Rappeln und ins Schleudern bringt. Aber die Stimme schert das nicht. Frei hängt sie über mir und schreit, schreit, schreit. Wehe, schrie sie. Wehe, wehe. Laßt das Schiff nicht fort!

Dann fiel der Vorhang vor mein Denken. Der Schlund öffnete sich. Dunkelheit. Ich stürzte ab. Auf grauenerregende Weise soll ich gegurgelt haben, Schaum sei mir vor den Mund getreten. Auf einen Wink der Mutter hätten die Wachen – Männer des Eumelos! – mich unter den Achseln gepackt und mich aus dem Saal geschleift, in dem es weiterhin so still gewesen sei, daß man das Schleifen meiner Füße auf dem Boden habe hören können. Die Tempelärzte

70

hätten sich zu mir gedrängt, Oinone habe man nicht zugelassen. In meinem Zimmer sei ich eingeschlossen worden. Der verstörten Festgesellschaft habe man gesagt, ich brauche Ruhe. Müsse zu mir kommen, der Vorfall sei unbedeutend. Unter den Geschwistern habe sich in Windeseile das Gerücht verbreitet, ich sei wahnsinnig.

Das Volk, so hat man mir berichtet, jubelte am frühen Morgen der Abfahrt des Menelaos und zugleich dem Auslaufen des DRITTEN SCHIFFES zu und drängte sich zur Verteilung von Opferfleisch und Brot. Am Abend war die Stadt voll Lärm. In den Innenhof, auf den mein Fenster ging, drang kein Laut, man hielt alle Zugänge abgesperrt. Der Himmel, in den ich aus dem Fenster starrte, war mir Tag und Nacht von tiefstem Schwarz. Essen wollte ich nicht. Parthena die Amme flößte mir in kleinen Schlucken Eselsmilch ein. Ich wollte diesen Leib nicht füttern. Ich wollte diesen verbrecherischen Körper, in dem die Todesstimme ihren Sitz hatte, aushungern, ausdörren. Wahn-Sinn als Ende der Verstellungsqual. O, ich genoß ihn fürchterlich, umgab mich mit ihm wie mit einem schweren Tuch, ich ließ mich Schicht für Schicht von ihm durchdringen. Er war mir Speise und Trank. Dunkle Milch, bitteres Wasser, saures Brot. Ich war auf mich zurückgefallen. Doch es gab mich nicht.

Hervorbringen müssen, was einen vernichten wird: der Schrecken über den Schrecken. Ich konnte nicht aufhörn, den Wahnsinn zu machen, pulsierender Schlund, der mich ausspie und ansaugte, ausspie und ansaugte. Schwerer hatte ich mich nie angestrengt, als da es mir nicht gelang, den kleinen Finger zu rühren. Atemlos war ich, rang nach Luft, hechelte. Rasend schnell und hart schlug mein Herz, wie die Herzen der Kämpfer nach den Wettkämpfen schlagen. Und in mir wurde gekämpft, das merkte ich wohl. Zwei Gegner auf Leben und Tod hatten sich die erstorbne Landschaft meiner Seele zum Kampfplatz gewählt. Nur der Wahnsinn schützte mich vor dem unerträglichen Schmerz, den die beiden mir sonst zugefügt hätten. So hielt ich am Wahnsinn fest, er an mir. In meinem tiefsten Innern, dort, wohin er nicht vordrang, hielt sich ein Wissen von den Zügen und Gegenzügen, die ich mir »weiter oben« erlaubte: ein humoristischer Zug in jedem Wahnsinn. Der hat gewonnen, der ihn zu erkennen und zu nutzen weiß.

Hekabe kam, streng, Priamos ängstlich, die Schwestern scheu, Parthena die Amme mitleidsvoll, Marpessa verschlossen – keiner nützte mir. Zu schweigen von der feierlichen Hilflosigkeit des Panthoos. Ich ließ mich tiefer sinken, versuchsweise, in winzigen Schüben. Sehr sehr dünn war die Verbindung mit diesen hier, sie konnte reißen. Ein gräßlicher Kitzel. Ich mußte es darauf ankommen lassen, den ungeheuren Gesichten noch mehr Raum geben, meine Sinne noch weiter zurücknehmen. Ein Spaß ist es nicht, das will ich nicht gesagt haben. Man zahlt für die Fahrt in die Unterwelt, die von Gestalten bewohnt ist, denen zu begegnen keiner gewärtig ist. Ich heulte. Wälzte mich in meinem Schmutz. Kratzte mir das Gesicht auf, ließ keinen an mich heran. Ich hatte die Kraft von drei Männern – unvorstellbar, welche Gegenkraft die vorher gebändigt hatte. Ich ging an den kalten Wänden meines Zimmers hoch, das man bis auf eine Reisigschütte leergeräumt hatte. Ich fraß wie ein Tier mit den Fingern, wenn ich etwas zu mir nahm. Mein Haar stand verfilzt und verdreckt um meinen Kopf. Niemand, auch ich nicht, wußte, wie es enden sollte. O, ich war verbohrt.

Auch die Gestalt brüllte ich an, die eines Tages hereinkam. Sie kauerte sich in eine Ecke und blieb, länger als meine Stimme durchhielt. Eine ganze Weile, nachdem ich still geworden war, hörte ich sie sagen: So strafst du diese nicht.

Das waren die ersten menschlichen Worte nach so langer Zeit, und ich brauchte ewig, bis ich ihren Sinn verstand. Da brüllte ich noch einmal los. Die Gestalt verschwand. Nachts, in einer lichten Minute, wußte ich nicht: War sie wirklich da gewesen oder gehörte auch sie zu den Wahngesichten, die mich umgaben. Am nächsten Tag kam sie wieder. Also doch. Es war Arisbe.

Niemals wiederholte sie, was sie am Vortag gesagt hatte, damit gab sie mir zu verstehn, sie wisse, daß ich sie verstand. Ich hätte sie würgen mögen, aber sie war so stark wie ich und ohne Angst. Indem ich sie nicht verriet – ich merkte wohl, Parthena die Amme ließ sie heimlich ein –, gab ich zu erkennen, daß ich sie brauchte. Anscheinend glaubte sie, es läge in meiner Hand, vom Wahnsinn frei zu werden. Unflätig beschimpfte ich sie dafür. Sie hielt die Hand fest, mit der ich nach ihr schlug, und sagte hart: Schluß mit dem Selbstmitleid. Ich schwieg sofort. So sprach man nicht mit mir.

Tauch auf, Kassandra, sagte sie. Öffne dein inneres Auge. Schau dich an.

Ich fauchte sie an wie eine Katze. Sie ging.

Also schaute ich. Nicht gleich. Ich wartete, bis es Nacht war. Bis ich auf dem knisternden Reisig lag, zugedeckt mit einer Decke, die Oinone gewebt haben mochte. Ich ließ also Namen zu. Oinone. Eine von denen. Übel hatte sie mir mitgespielt. Mir den geliebten Bruder weggenommen, Paris, den schönen Blonden. Den ich mir herangezogen hätte, ohne die Zauberkünste dieser Teichnymphe. Oinone das Miststück. Schmerzte es? Ja. Es schmerzte. Ein winzig kleines Stückchen tauchte ich weiter auf, den Schmerz zu betrachten. Stöhnend ließ ich ihn zu. Ich krallte meine Hände in die Decke, ich klammerte mich an sie, damit der Schmerz mich nicht wegspülte. Hekabe. Priamos. Panthoos. So viele Namen für Täuschung. Für Zurücksetzung.

Verkennung. Wie ich sie haßte. Wie ich es ihnen zeigen wollte.

Schön, sagte Arisbe, die schon wieder da saß. Und wie steht es mit dir?

Wieso mit mir. An wem ich mich vergangen habe? Ich, die Schwache? An all diesen Stärkeren?

Wieso hast du sie stark werden lassen.

Die Frage verstand ich nicht. Der Teil von mir, der wieder aß und trank, sich wieder »ich« nannte, verstand die Frage nicht. Jener andre Teil, der im Wahnsinn geherrscht hatte, den »ich« nun niederhielt, wurde nicht mehr gefragt. Nicht ohne Bedauern ließ ich den Wahnsinn los, nicht ohne Befremden sah mein inneres Auge eine unbekannte Gestalt aus den dunklen Wassern auftauchen, die sich verliefen. Die Dankbarkeit, die ich Arisbe schuldete und auch bezeugte, enthielt ein nicht geringes Körnchen Undank und Auflehnung, das schien sie nicht anders zu erwarten. Von selbst erklärte sie sich eines Tages für überflüssig, und als ich in einer Aufwallung sagte, gewisse Dinge würde ich ihr nicht vergessen, erwiderte sie trocken: Doch. Du wirst. – Immer hat es mich gestört, wenn andre mehr über mich wußten oder zu wissen glaubten als ich selbst.

So früh seien sie sich nicht über mich klar gewesen, hat Arisbe mir Jahre später erzählt. Worauf sollten sie setzen: auf meinen Hang zur Übereinstimmung mit den Herrschenden oder auf meine Gier nach Erkenntnis. »Sie«! Es gab sie schon, und sie suchten sich über mich »klar« zu werden! Sei nicht kindisch, sagte Arisbe. Gib's zu: Viel zu lange bist du drauf aus gewesen, beides zu bekommen.

Nun, so war es. Endlich käme ich ins Leben zurück, hörte ich die anderen sagen, das hieß: zu ihnen. In die Falle. In den Alltag des Palastes und des Tempels mit ihren Bräuchen, die mir seltsam und unnatürlich vorkamen wie die

Gewohnheiten einer sehr fremden Menschenart. Als ich am Altar des thymbraischen Apoll zum erstenmal wieder das Blut eines Lamms in der Opferschale auffing, war der Sinn dieser Handlung mir ganz entfallen, angstvoll glaubte ich an einem Frevel beteiligt zu sein. Du bist weit weg gewesen, Kassandra, sagte Panthoos, der mich beobachtete. Schade eigentlich, daß man bei der Rückkehr immer wieder dasselbe vorfindet. Bis auf diese Minute, bis auf diesen einen Satz war er undurchdringlicher geworden. Schnell begriff ich, wodurch: Es war in Troia kein Vergnügen mehr, ein Grieche zu sein.

Die Leute des Eumelos waren an der Arbeit. Sie hatten Anhänger unter Palastschreibern und Tempeldienern gewonnen. Auch geistig müßten wir gerüstet sein, wenn der Grieche uns angreife. Die geistige Rüstung bestand in der Schmähung des Feindes (von »Feind« war schon die Rede, eh noch ein einziger Grieche ein Schiff bestiegen hatte) und im Argwohn gegen die, welche verdächtig waren, dem Feind in die Hände zu arbeiten: Panthoos der Grieche. Briseis, des abtrünnigen Kalchas Tochter. Die weinte abends oft in meinem Schlafraum. Auch wenn sie sich, um ihn nicht in Gefahr zu bringen, von Troilos trennen würde: Er ließ sie ja nicht gehn. Auf einmal war ich die Beschützerin eines gefährdeten Paares. Mein junger Bruder Troilos, der Sohn des Königs, wurde angefeindet, weil er sich eine Liebste nach seinem Geschmack nahm: unvorstellbarer Vorgang. Tja, sagte König Priamos, schlimm, schlimm. Hekabe fragte: Wo schläfst denn du, wenn die beiden bei dir übernachten? Sie bot mir an, in ihr Schlafzimmer zu kommen. Heimlich.

Aber wo lebten wir denn. Ich muß mich scharf erinnern: Sprach in Troia irgendein Mensch von Krieg? Nein. Er wäre bestraft worden. In aller Unschuld und besten Gewissens bereiteten wir ihn vor. Sein erstes Zeichen: Wir richteten uns nach dem Feind. Wozu brauchten wir den?

Die Rückkunft des DRITTEN SCHIFFES ließ mich eigenartig kühl. Eine nächtliche Ankunft, dafür wurde gesorgt, trotzdem lief Volk zusammen, Fackeln wurden hochgehalten, aber wer erkennt im Halbdunkel Gesichter, wer zählt sie, hält sie auseinander. Da war, unverkennbar, Anchises, der sich bis in sein hohes Alter wie ein Jüngling bewegte, er schien es eiliger zu haben als sonst, gab keine Erklärungen ab, verbat sich die Begleitung des Eumelos und verschwand im Palast. Da waren die jungen Männer, auf die ich hätte warten sollen, aber auf wen denn? Auf Aineias? Gar auf Paris? Für wen von ihnen begann mein Herz nun doch zu klopfen? Niemand kam an sie heran. Zum erstenmal war eine weite Sperrkette von Eumelos-Leuten um die Landestelle gezogen. Paris sei nicht mit diesem Schiff gekommen, hieß es am Morgen, als Information für die Angehörigen des Königshauses. Da man ihm in Sparta die Rückgabe der Königsschwester wiederum verweigert habe, sei er gezwungen gewesen, seine Drohung wahrzumachen. Er habe, kurz gesagt, die Gattin des Menelaos entführt. Die Frau des Königs von Sparta. Die schönste Frau Griechenlands: Helena. Mit ihr sei er auf Umwegen unterwegs nach Troia.

Helena. Der Name traf uns wie ein Stoß. Die schöne Helena. Darunter tat es der kleine Bruder nicht. Man hätte es wissen können. Man hatte es gewußt. Ich war Zeugin, wie im Hin und Her zwischen dem Palast und den Tempelpriestern, in Tag- und Nachtsitzungen des Rats eine Nachricht hergestellt wurde, hart, gehämmert, glatt wie eine Lanze: Paris der Troerheld habe auf Geheiß unsrer lieben Göttin Aphrodite Helena, die schönste Frau Griechenlands, den großmäuligen Griechen entführt und so die Demütigung gelöscht, die unserm mächtigen König Priamos einst durch den Raub seiner Schwester angetan worden war.

Jubelnd lief das Volk durch die Straßen. Ich sah eine Nachricht zur Wahrheit werden. Und Priamos hatte einen neuen Titel: »Unser mächtiger König«. Später, je aussichtsloser der Krieg wurde, mußte man ihn »Unser allermächtigster König« nennen. Zweckmäßige Neuerungen, sagte Panthoos. Was man lange genug gesagt hat, glaubt man am Ende. Ja, erwiderte ihm Anchises trocken. Am Ende. Ich dachte wenigstens den Sprachkrieg aufzuhalten. Nie sagte ich anders als »Vater« oder höchstens »König Priamos«. Aber ziemlich genau erinnere ich mich an den schalltoten Raum, in den solche Worte fielen. Du kannst dir das leisten, Kassandra, hörte ich. Es stimmte. Sie leisteten es sich, Mord und Totschlag weniger zu fürchten als die grollende Augenbraue ihres Königs und die Denunziation durch Eumelos. Ich leistete mir ein bißchen Voraussicht und ein kleines bißchen Trotz. Trotz, nicht Mut.

Wie lange hab ich an die alten Zeiten nicht gedacht. Es stimmt: Der nahe Tod mobilisiert nochmal das ganze Leben. Zehn Jahre Krieg. Sie waren lang genug, die Frage, wie der Krieg entstand, vollkommen zu vergessen. Mitten im Krieg denkt man nur, wie er enden wird. Und schiebt das Leben auf. Wenn viele das tun, entsteht in uns der leere Raum, in den der Krieg hineinströmt. Daß auch ich mich anfangs dem Gefühl überließ, jetzt lebte ich nur vorläufig; die wahre Wirklichkeit stünde mir noch bevor; daß ich das Leben vorbeigehn ließ: Das tut mir mehr als alles andre leid. Panthoos kam wieder zu mir, seit ich für gesund galt. In seinen Liebesakten – aber so sollte ich, was er an mir ausübte, nicht nennen, mit Liebe hatte es nichts zu tun – verspürte ich einen neuen Zug von Unterwürfigkeit, die ich nicht wollte, und er gab mir zu, vor meiner Krankheit hätte ich ihn nicht gereizt wie jetzt. Ich hätte mich verändert. Aineias mied mich. Klar, gab er später zu. Du hattest dich verändert.

Der abwesende Paris wurde in Gesängen gefeiert. Die Angst lag in mir auf der Lauer. Nicht nur in mir. Ungebeten deutete ich dem König einen Traum, den er bei der Tafel erzählt hatte: Zwei Drachen, die miteinander kämpften; der eine trug einen goldgehämmerten Brustpanzer, der andre führte eine scharf geschliffene Lanze. Der eine also unverletzlich und unbewaffnet, der andre bewaffnet und haßerfüllt, jedoch verletzlich. Sie kämpften ewig.

Du liegst, sagte ich dem Vater, mit dir selbst im Widerstreit. Hältst dich selbst in Schach. Lähmst dich.

Wovon redest du, Priesterin, erwiderte Priamos förmlich. Längst hat mir Panthoos den Traum gedeutet: Der goldgepanzerte Drache bin natürlich ich, der König. Bewaffnen muß ich mich, um meinen tückischen und schwerbewaffneten Feind zu überwältigen. Den Waffenschmieden hab ich schon befohlen, ihre Produktion zu steigern.

Panthoos! rief ich im Tempel. Und? sagte der. Es sind doch alles Bestien, Kassandra. Halb Bestien, halb Kinder. Sie werden ihren Begierden folgen, auch ohne uns. Muß man sich denen in den Weg stelln? Daß sie uns niedertrampeln? Nein. Ich habe mich entschieden.

Entschieden hast du dich, die Bestie in dir selbst zu füttern, sie in dir aufzustacheln. Sein grausam maskenhaftes Lächeln. Aber was wußte ich von diesem Mann.

Wann Krieg beginnt, das kann man wissen, aber wann beginnt der Vorkrieg. Falls es da Regeln gäbe, müßte man sie weitersagen. In Ton, in Stein eingraben, überliefern. Was stünde da. Da stünde, unter andern Sätzen: Laßt euch nicht von den Eignen täuschen.

Paris, als er nach Monaten doch noch kam, merkwürdigerweise auf einem ägyptischen Schiff, brachte eine tief verschleierte Person von Bord. Das Volk, wie nun üblich hinter einer Sicherheitskette von Eumelos-Leuten zurückgedrängt, verstummte atemlos. In jedem einzelnen erschien das Bild der schönsten Frau, so strahlend, daß sie ihn, wenn er sie sehen könnte, blenden würde. Schüchtern, dann begeistert kamen Sprechchöre auf: He-le-na. He-le-na. Helena zeigte sich nicht. Sie kam auch nicht zur Festtafel. Sie war von der langen Seereise erschöpft. Paris, ein anderer, überbrachte vom König von Ägypten raffinierte Gastgeschenke, erzählte Wunderdinge. Er redete und redete, ausschweifend, arabesk, mit Schlenkern, die er wohl für witzig hielt. Er hatte viele Lacher, er war ein Mann geworden. Ich mußt ihn immer ansehn. Seine Augen kriegt ich nicht zu fassen. Woher kam der schiefe Zug in sein schönes Gesicht, welche Schärfe hatte seine einst weichen Züge geätzt.

Von den Straßen her drang ein Ton in den Palast, den wir vorher nie gehört hatten, vergleichbar dem bedrohlichen Summen eines Bienenstocks, dessen Volk sich zum Abflug sammelt. Die Vorstellung, im Palast ihres Königs weile die schöne Helena, verdrehte den Leuten die Köpfe. Ich verweigerte mich in dieser Nacht dem Panthoos. Wütend wollte er mich gewaltsam nehmen. Ich rief nach Parthena der Amme, die gar nicht in der Nähe war. Panthoos ging, verzerrten Gesichts stieß er wüste Beschimpfungen aus. Das rohe Fleisch unter der Maske. Die Trauer, die mich manchmal schwarz aus der Sonne heraus überfiel, suchte ich mir zu verbergen.

Jede Faser in mir verschloß sich der Einsicht, daß keine schöne Helena in Troia war. Als die anderen Palastbewohner zu erkennen gaben, daß sie begriffen hatten. Als ich die liebliche schönhalsige Oinone schon zum zweitenmal im

Morgengrauen vor des Paris Türe traf. Als der Legenden-
schwarm um die unsichtbare schöne Frau des Paris verlegen
in sich zusammenfiel. Als alle die Blicke senkten, wenn ich,
nur ich noch, immer wieder wie unter Zwang Helenas
Namen nannte, mich sogar erbot, die immer noch Ermüdete
zu pflegen, und zurückgewiesen wurde – selbst da wollt ich
das Undenkbare noch nicht denken. Wirklich, an dir konnte
man verzweifeln, hat Arisbe mir gesagt. Ich griff nach jedem
Strohhalm, und wer wollte eine Abordnung des Menelaos,
die in starken Worten ihre Königin zurückverlangte, einen
Strohhalm nennen. Daß sie sie wiederhaben wollten, bewies
mir, daß sie hier war. Mein Gefühl ließ keinen Zweifel:
Helena sollte nach Sparta zurück. Doch war mir klar: Der
König mußte diese Forderung ablehnen. Mit ganzem Herzen wollt ich mich an seine Seite, an die Seite Troias stellen.
Auf den Tod konnt ich nicht einsehn, warum im Rat noch
eine ganze Nacht gestritten wurde. Paris, grünbleich, verkündete wie ein Verlierer: Nein. Wir liefern sie nicht aus. –
Mann, Paris! rief ich. Freu dich doch! Sein Blick, endlich
sein Blick, gestand mir, wie er litt. Dieser Blick gab mir den
Bruder zurück.
Wir haben ja dann alle den Anlaß für den Krieg vergessen.
Nach der Krise im dritten Jahr hörten auch die Kriegsleute
auf, den Anblick der schönen Helena zu fordern. Mehr
Ausdauer, als ein Mensch aufbringen kann, hätte es gebraucht, immer weiter einen Namen im Munde zu führen,
der immer mehr nach Asche schmeckte, nach Brand und
Verwesung. Sie ließen von Helena ab und wehrten sich ihrer
Haut. Um aber dem Krieg zujubeln zu können, hatten sie
diesen Namen gebraucht. Er erhob sie über sich hinaus.
Beachtet, sagte Anchises uns, des Aineias Vater, der gerne
lehrte und uns, als das Ende des Krieges abzusehn war,
zwang, über seinen Beginn nachzudenken, beachtet, daß sie

eine Frau genommen haben. Ruhm und Reichtum hätte auch ein Mannsbild hergegeben. Aber Schönheit? Ein Volk, das um die Schönheit kämpft! – Paris selbst war, widerwillig, schien es, auf den Marktplatz gekommen und hatte den Namen der schönen Helena dem Volke hingeworfen. Die Leute merkten nicht, daß er nicht bei der Sache war. Ich merkte es. Warum sprichst du so kalt von deiner warmen Frau? hab ich ihn gefragt. Meine warme Frau? war seine höhnische Antwort. Komm zu dir, Schwester. Mensch: Es gibt sie nicht.

Da riß es mir die Arme hoch, noch eh ich wußte: Ja, ich glaubte ihm. Seit langem war mir so zumute, angstverzehrt. Ein Anfall, dachte ich noch nüchtern, hörte aber diese Stimme schon, wehe wehe wehe. Ich weiß nicht: Schrie ich's laut, hab ich es nur geflüstert: Wir sind verloren. Weh, wir sind verloren.

Was kommen mußte, kannt ich schon, den festen Achselgriff, die Männerhände, die mich packten, das Klirren von Metall auf Metall, der Geruch von Schweiß und Leder. Es war ein Tag wie dieser, Herbststurm, schubweise von der See her, der Wolken über den tiefblauen Himmel trieb, unter den Füßen die Steine, genauso verlegt wie hier in Mykenae, Häuserwände, Gesichter, dann dickere Mauern, kaum noch Menschen, als wir dem Palast uns näherten. Wie hier. Ich erfuhr, wie eine Gefangene die Zitadelle von Troia sieht, befahl mir, es nicht zu vergessen. Vergaß es nicht, doch hab ich an den Weg unendlich lange nicht mehr gedacht. Warum. Mag sein, der halbbewußten Schläue wegen, deren ich mich schämte. Denn warum schrie ich, wenn ich schrie: Wir sind verloren!, warum nicht: Troer, es gibt keine Helena! Ich weiß es, wußte es auch damals schon: Der Eumelos in mir verbot es mir. Ihn, der mich im Palast erwartete, ihn schrie ich an: Es gibt keine Helena!, aber er wußt es ja. Dem Volk hätt ich es sagen müssen. Das hieß: Ich, Seherin, gehörte zum Palast. Und Eumelos war sich ganz klar darüber. Daß sein Gesicht auch Spott ausdrücken konnte und Geringschätzung, das machte mich ganz rasend. Seinetwegen, den ich haßte, und des Vaters wegen, den ich liebte, hatte ich vermieden, das Staatsgeheimnis laut hinauszuschrein. Das Gran von Berechnung in meiner Selbstentäußerung. Eumelos durchschaute mich. Der Vater nicht.

König Priamos tat sich selber leid. Diese verwickelten politischen Zustände, und nun auch noch ich! Er schickte die Wächter weg, was mutig von ihm war. Wenn ich so weitermache, sagte er dann, müde, bleibe ihm nichts, als mich einzusperrn. Da dachte in mir etwas: Jetzt noch nicht. – Was ich denn wolle, um des Himmels willen. Also schön. Über die vertrackte Helena-Geschichte hätte man früher mit mir reden sollen. Gut gut, sie war nicht hier. Der König von Ägypten hatte sie dem Paris, diesem dummen Jungen, abgenommen. Bloß das wisse ja ein jeder im Palast, warum nicht ich? Und was nun weiter? Wie kommen wir da wieder raus, ohne Gesichtsverlust.

Vater, sagte ich, inständig, wie ich nie wieder zu ihm sprach. Ein Krieg, um ein Phantom geführt, kann nur verlorengehn.

Warum? Allen Ernstes fragte der König mich: Warum. Man muß nur trachten, sagte er, daß dem Heer der Glaube an das Phantom erhalten bleibt. Wieso überhaupt Krieg. Gleich immer diese großen Worte. Wir, denk ich, werden angegriffen werden, und wir, denk ich, setzen uns zur Wehr. Die Griechen rennen sich den Schädel ein und ziehen sich alsbald zurück. Sie werden sich doch nicht um eine Frau, und sei sie noch so schön, was ich nicht glaub, verbluten.

Und warum denn nicht! Das rief nun ich. Gesetzt, sie glaubten, Helena sei bei uns: Wenn sie so geartet wären, daß sie die Kränkung eines königlichen Mannes durch eine Frau, schön oder häßlich, nie verwinden könnten. Dabei dacht ich an Panthoos, der, seit ich ihn zurückgewiesen hatte, mich zu hassen schien. Gesetzt sie waren alle so?

Red keinen Unsinn, sagte Priamos. Die wollen unser Gold. Und freien Zugang zu den Dardanellen. – So verhandle drum! schlug ich ihm vor. – Das hätte noch gefehlt. Verhandeln um unser unveräußerliches Eigentum und Recht! – Ich fing an zu spüren, daß der König gegen alle Gründe, die dem Krieg entgegenstanden, schon erblindet war, und was ihn blind und taub gemacht, das war der Satz der Truppenführer: Wir gewinnen. Vater, bat ich ihn, nimm ihnen wenigstens den Vorwand, Helena. Sie ist, hier oder in Ägypten, nicht einen einzigen erschlagenen Troianer wert. Dies sage den Gesandten dieses Menelaos, gib ihnen Gastgeschenke und laß sie in Frieden ziehn. – Du mußt nicht bei Verstand sein, Kind, sagte, ehrlich empört, der König. Verstehst du gar nichts mehr? Es geht doch um die Ehre unsres Hauses.

Darum, beteuerte ich ihm, ging es auch mir. Vernagelt war ich. Dachte, sie und ich, wir wollten doch dasselbe. Und welche Freiheit dann das erste Nein: Nein, ich will etwas andres. Doch damals nahm, mit Recht, der König mich beim Wort. Kind, sagte er, zog mich zu sich heran, ich atmete den Duft, den ich so liebte. Kind. Wer jetzt nicht zu uns hält, arbeitet gegen uns. Da versprach ich ihm, das Wissen um die schöne Helena geheimzuhalten, und ging unangefochten von ihm weg. Die Wächter auf den Gängen standen unbeweglich, Eumelos verneigte sich, als ich ihn passierte. Bravo, Kassandra, sagte im Tempel Panthoos zu mir. Nun haßte ich ihn auch. Es ist zu schwer, sich selbst zu hassen. Viel Haß und unterdrücktes Wissen war in Troia, ehe der Feind, der Grieche, all unser Übelwollen auf sich zog und uns gegen ihn, zunächst, zusammenschloß.

Den Winter über wurde ich teilnahmslos und versank in Schweigen. Da ich das Wichtigste nicht sagen durfte, fiel mir nichts mehr ein. Die Eltern, die mich wohl im Auge hatten, sprachen unverbindlich miteinander und mit mir. Briseis und Troilos, die sich weiter um mein Mitgefühl bemühten, verstanden meine Stumpfheit nicht. Nichts von Arisbe. Nichts von Aineias. Die stumme Marpessa. Allseits begann man mich wohl aufzugeben, das unvermeidliche Los dessen, der sich selbst aufgibt. Im Frühjahr, wie erwartet, begann dann der Krieg.

Krieg durfte er nicht heißen. Die Sprachregelung lautete, zutreffend: Überfall. Auf den wir sonderbarerweise gar nicht vorbereitet waren. Da wir nicht wußten, was wir wollten, haben wir uns nicht bemüht, der Griechen Absicht wirklich zu ergründen. Ich sage »wir«, seit vielen Jahren wieder »wir«, im Unglück hab ich meine Eltern wieder angenommen. Damals, als die griechische Flotte gegen den Horizont aufstieg, ein gräßlicher Anblick. Als unsre Herzen sanken. Als unsre jungen Männer, nur durch ihren Leder-schild geschützt, lachend dem Feind entgegengingen, in den sicheren Tod, da habe ich sie alle, die das verantworteten, inbrünstig verflucht. Ein Verteidigungsring! Eine vorge-schobne Linie hinter einer Schutzwehr! Gräben! Nichts von alledem. Wahrhaftig, ich war kein Stratege, aber jeder konnte sehn, wie unsre Krieger auf dem flachen Uferrand dem Feinde zugetrieben wurden, damit er sie niedermetzle. Das Bild bin ich nie wieder losgeworden.

Und dann, am ersten Tag, mein Bruder Troilos.

Immer hab ich mich bemüht, die Art, wie er zu Tode kam, nicht zu behalten. Und doch hat nichts aus diesem ganzen Krieg sich schärfer eingeritzt. Jetzt noch, kurz eh ich selbst geschlachtet werde und die Angst die Angst die Angst mich zwingt zu denken – jetzt noch weiß ich jede verfluchte

Einzelheit vom Tod des Bruders Troilos und hätte keinen andern Toten in diesem ganzen Krieg gebraucht. Stolz, königstreu, verwegen, Hektors Schwur vertrauend, kein Grieche werde unsern Strand betreten, blieb ich im Apollon-Tempel vor der Stadt, von dem aus man bis hin zur Küste blickte. »Blickte« denk ich, doch es sollte heißen: »Blickt«. Der Tempel ist verschont. Kein Grieche vergriff sich an Apollons Heiligtum. Wer immer jetzt dort steht, sieht auf die Küste, mit Trümmern, Leichen, Kriegsgerät bedeckt, die Troia einst beherrschte, und, wenn er sich umdreht, sieht er die zerstörte Stadt. Kybele hilf.

Marpessa schläft. Die Kinder schlafen.

Kybele hilf.

Damals begann, was dann Gewohnheit wurde: Ich stand und sah. Stand, als die andern Priester, unter ihnen Panthoos, in Panik gegen Troia fortgelaufen waren. Als Herophile, die alte standhafte Priesterin mit den Lederwangen, vor Grauen sich ins Innere des Tempels flüchtete. Ich stand. Sah, wie Bruder Hektor, dunkle Wolke, ach, in seinem Lederwams!, die ersten Griechen schlug, die von den Schiffen kamen, die, durch das flache Wasser watend, die Küste Troias zu gewinnen suchten. Auch die den ersten folgten, machten meine Troer nieder. Sollte Hektor recht behalten? Lautlos und entfernt genug, sah ich, sanken die Menschenpuppen um. Kein Fünkchen von Triumph in meinem Herzen. Dann freilich ging etwas ganz andres los, ich habe es gesehn.

Ein Pulk von Griechen, dicht bei dicht sich haltend, gepanzert und die Schilde um sich herum wie eine lückenlose Wand, stürmte, einem einzigen Organismus gleich, mit Kopf und Gliedern, unter nie vernommenem Geheul an Land. Die äußersten, so war es wohl gemeint, wurden von den schon erschöpften Troern bald erschlagen. Die der

Mitte zu erschlugen eine viel zu hohe Zahl der unsern. Der Kern, so sollte es sein, erreichte das Ufer, und der Kern des Kerns: der Griechenheld Achill. Der sollte durchkommen, selbst wenn alle fielen. Der kam auch durch. So macht man das, hörte ich mich fiebrig zu mir selber sagen, alle für einen. Was jetzt. Schlau ging er nicht auf Hektor los, den die andern Griechen übernahmen. Er holte sich den Knaben Troilos, der ihm von gut dressierten Leuten zugetrieben wurde wie das Wild dem Jäger. So macht man das. Mein Herz begann zu hämmern. Troilos stand, stellte sich dem Gegner, kämpfte. Und zwar regelrecht, so wie er es gelernt, wenn Edele mit Edlen kämpfen. Treulich hielt er sich an die Gesetze der Kampfspiele, in denen er seit Kindheit glänzte. Troilos! Ich bebte. Jeden seiner Schritte wußte ich voraus, jede Wendung seines Halses, jede Figur, die er mit seinem Leib beschrieb. Aber Achill. Achill das Vieh ließ sich auf des Knaben Angebot nicht ein. Vielleicht verstand ers nicht. Achill erhob sein Schwert, das er mit beiden Händen packte, hoch über den Kopf und ließ es auf den Bruder niedersausen. Für immer fielen alle Regeln in den Staub. So macht man das.

Troilos der Bruder fiel. Achill das Vieh war über ihm. Ich wollte es nicht glauben, glaubte es sofort, wie schon oft war ich mir dabei selbst zuwider. Wenn ich recht sah, würgte er den Liegenden. Etwas ging vor, was über meine, unsere Begriffe war. Wer sehen konnte, sah am ersten Tag: Diesen Krieg verlieren wir. Diesmal schrie ich nicht. Wurde nicht wahnsinnig. Blieb stehn. Zerbrach ohne es zu merken den Tonbecher in meiner Hand.

Das Schlimmste kam noch, kommt noch. Troilos, leicht gepanzert, war noch einmal hochgekommen, hatte sich den Händen des Achill entwunden, lief – ihr Götter! Wie er laufen konnte! – zuerst ziellos davon, dann – ich winkte, schrie – fand er die Richtung, lief auf mich, lief auf den Tempel zu. Gerettet. Den Krieg verliern wir, aber dieser Bruder, der mir in dieser Stunde als der liebste schien, der war gerettet. Ich lief ihm entgegen, packte ihn am Arm, zog den Röchelnden, Zusammenbrechenden herein, ins Innere des Tempels, vor das Bild des Gottes, wo er sicher war. Abgeschlagen keuchte Achill heran, den ich nicht mehr beachten mußte. Dem Bruder, der um Luft rang, mußte ich den Helm abbinden, den Brustpanzer lösen, wobei Herophile die alte Priesterin mir half, die ich nie vorher und nie nachher weinen sah. Meine Hände flogen. Wer lebt, ist nicht verloren. Auch mir nicht verloren. Dich werd ich pflegen, Bruder, lieben, endlich kennenlernen. Briseis wird froh sein, sagt ich ihm ins Ohr.

Dann kam Achill das Vieh. Des Mörders Eintritt in den Tempel, der, als er im Eingang stand, verdunkelt wurde. Was wollte dieser Mensch. Was suchte er bewaffnet hier im Tempel. Gräßlichster Augenblick: Ich wußt es schon. Dann lachte er. Jedes Haar auf meinem Kopf stand mir zu Berge, und in die Augen meines Bruders trat der reine Schrecken. Ich warf mich über ihn und wurde weggeschoben wie ein Ding aus Nichts. Wie näherte sich dieser Feind dem Bruder. Als Mörder? Als Verführer? Ja gab es das denn: Mörderlust und Liebeslust in einem Mann? Durfte unter Menschen das geduldet werden? Des Opfers starrer Blick. Das tänzelnde Herannahn des Verfolgers, den ich jetzt von hinten sah, ein geiles Vieh. Das Troilos, den Knaben, bei den Schultern nahm, das ihn streichelte – den Wehrlosen, dem ich Unglückselige den Panzer abgenommen hatte! – ihn befingerte. Lachend, alles lachend. Ihm an den Hals griff. An die Kehle ging. Die plumpe kurzfingrige haarige Hand an des Bruders Kehle. Pressend, pressend. Ich an des Mörders Arm gehängt, an dem die Adernstränge vortraten wie Schnüre. Des

Bruders Augen aus den Höhlen quellend. Und in Achills Gesicht die Lust. Die nackte gräßliche männliche Lust. Wenn es das gibt, ist alles möglich. Es war totenstill. Ich wurde abgeschüttelt, spürte nichts. Nun hob der Feind, das Monstrum, im Anblick der Apollon-Statue sein Schwert und trennte meines Bruders Kopf vom Rumpf. Nun schoß das Menschenblut auf den Altar, wie sonst Blut aus den Rümpfen unserer Opfertiere. Das Opfer Troilos. Der Schlächter, schauerlich und lustvoll heulend, floh. Achill das Vieh. Ich fühllos lange Zeit.

Dann die Berührung. Eine Hand, die sich an meine Wange legte, die so zum erstenmal im Leben ihr Zuhause hatte. Und ein Blick, den ich erkannte. Aineias.

Alles, was vorher war, war blasse Ahnung, unvollkommne Sehnsucht. Aineias war die Wirklichkeit, und wirklichkeits-getreu, wirklichkeitssüchtig wollte ich mich an sie halten. Er könne hier zur Zeit nichts tun. Er gehe, sagte er. Geh, sagte ich. Ach, er verstand es zu verschwinden. Ich rief ihn nicht, folgte ihm nicht und erkundigte mich nicht nach ihm. In den Bergen sei er, hieß es. Mancher verzog verächtlich das Gesicht. Ich verteidigte ihn nicht. Sprach nicht von ihm. War mit jeder Faser meines Leibs und meiner Seele bei ihm. Bin bei ihm. Aineias. Lebe. Den Rückhalt, den ich in dir habe, gebe ich nicht preis. Zuletzt hast du mich nicht verstanden, hast auch im Zorn den Schlangenring ins Meer geworfen. Doch soweit sind wir noch nicht. Das Gespräch mit dir kommt später. Wenn ich es brauchen werde. Ja, ich werd es brauchen.

Ich bestand darauf, als Zeugin für den Tod des Troilos im Rat gehört zu werden. Verlangte, diesen Krieg zu endigen, sofort. Und wie? fragten sie mich fassungslos, die Männer. Ich sagte: Durch die Wahrheit über Helena. Durch Opfer. Gold und Waren, und was sie wollen. Nur daß sie abziehn.

Daß sich der Pesthauch ihrer Gegenwart entfernt. Zugeben, was sie fordern werden: Daß Paris, als er Helena entführte, schwer verletzte, was uns allen heilig ist, das Gastrecht. Als schweren Raub und schweren Treubruch müssen die Griechen die Aktion betrachten. So erzählen sie, was Paris tat, ihren Frauen, Kindern, Sklaven. Und sie haben recht. Beendigt diesen Krieg.

Gestandne Männer wurden totenbleich. Sie ist verrückt, hört ich es flüstern. Jetzt ist sie verrückt. Und König Priamos der Vater erhob sich langsam, furchterregend und brüllte dann, wie ihn nie einer brüllen hörte. Seine Tochter! Sie, von allen sie mußte es sein, die hier im Rat von Troia für die Feinde sprach. Anstatt eindeutig, öffentlich und laut hier und im Tempel so wie auf dem Markt für Troia zu sprechen. Ich sprach für Troia, Vater, sagte ich noch leise. Ein Zittern konnte ich nicht unterdrücken. Der König schüttelte die Fäuste, schrie: Hätt ich denn Troilos' des Bruders Tod so schnell vergessen! Hinaus mit der Person. Sie ist mein Kind nicht mehr. Die Hände wieder, der Geruch nach Angst. Ich wurde weggeführt.

Zur Sprache war im Rat, das hörte ich von Panthoos, noch der Orakelspruch gekommen, der in den Straßen Troias umlief: Troia könne den Krieg nur dann gewinnen, wenn Troilos zwanzig würde. Nun wußte jeder, Troilos war siebzehn, als er fiel. Kalchas der Seher, Kalchas der Verräter stehe hinter dem Gerücht, behauptete Eumelos. Da schlug ich einfach vor, so sagte es mir Panthoos, den Troilos nach seinem Tode durch Dekret für zwanzig zu erklären. Und Eumelos ergänzte, jeder solle unter Strafe stehn, der weiterhin behauptete, daß Troilos erst siebzehn war, als ihn Achill erschlug. Ich sagte: Mich müßtet ihr zuerst bestrafen. – Na und? sagte Panthoos. Warum denn nicht, Kassandra. Da hat es mich zum erstenmal kalt angeweht.

Doch König Priamos hat sich zur Wehr gesetzt. Nein, habe er gesagt, den toten Sohn durch Lügen noch beleidigen? Nein. Ohne ihn. So hat es Zeiten gegeben, und ich kannte sie, da Tote heilig waren, jedenfalls bei uns. Die neue Zeit hat weder Lebende noch Tote respektiert. Ich brauchte eine Weile, bis ich sie begriff. Sie war schon in der Festung, eh der Gegner kam. Sie drang, ich weiß nicht wie, durch jede Ritze. Bei uns trug sie den Namen Eumelos.

Da mache ich es mir zu leicht, belehrte Panthoos der Grieche mich. Unleidlich war mir seine Art geworden, sich hinter undurchsichtigen Belehrungen zu verstecken, doch war ich nicht in seiner Haut, der eines Griechen. Zornig fragte ich ihn einmal, ob er denke, ich werde ihn bei Eumelos denunzieren. Wie soll ich das wissen, fragte er und lächelte. Übrigens: Wessen könntest du mich denn bezichtigen. Wir wußten beide: Eumelos kam ohne Gründe aus. Natürlich hat er, Jahre später, Panthoos bekommen, durch die Weiber. Blind, blind bin ich gewesen, daß ich hinter seinem Spiel die Angst nicht sah.

Weil keine Zeit mehr ist, genügt die Selbstanklage nicht. Was hat mich blind gemacht, das muß ich mich doch fragen. Beschämend ist, ich hätte fest geglaubt, die Antwort läge lange schon in mir bereit.

Soll ich doch absteigen. Das Weidengeflecht ist hart, auf dem ich sitze. Ein Trost: Die Weiden sind an unserm Fluß gewachsen, am Skamander. Zu dem nahm mich Oinone mit, im Herbst nach Kriegsbeginn, Weiden holen. Aus ihnen sollte ich mein Lager machen. Sie töten die Begierden, sagte Oinone ernst. – Schickt dich Hekabe? – Arisbe, sagte sie. Arisbe. Was wußte diese Frau von mir. Auch sie selbst, sagt Oinone, habe auf Weiden gelegen, all die Monate, da Paris in der Ferne war. Des Aineias Namen sprach sie niemals aus. Zerstreut hörte ich ihre verzagte

Klage über Paris, den die fremde Frau verdorben habe. Was hatte Arisbe mit mir vor. Wollte sie mich warnen? Mich züchtigen? Heulend vor Wut lag ich auf den Weiden. Sie halfen nicht. Unerträglich sehnte ich mich nach Liebe, eine Sehnsucht, die nur einer stillen konnte, darüber ließen meine Träume keinen Zweifel. Einmal nahm ich einen blutjungen Priester, den ich anlernte und der mich verehrte, zu mir auf mein Lager, wie man es fast von mir erwartete. Ich löschte seine Glut, blieb selber kalt und träumte von Aineias. Ich begann auf meinen Körper acht zu geben, der, wer hätte das gedacht, sich von Träumen leiten ließ.

Zweimal noch, fällt mir ein, hatte ich es mit der Weide zu tun: Als ich im Korb saß, allein, auch der aus Weiden geflochten, so dicht, daß kaum ein Lichtstrahl zu mir drang, und später, als die Frauen, ich mit ihnen, die Ferkel auf die Weidenruten in die Höhlen legten, für Kybele. Da war ich schon die Götter los. Die Weide, mein letzter Sitz. Mir unbewußt hat meine Hand begonnen, eine dünne Gerte aus dem Geflecht zu lösen. Angebrochen ist sie, doch sie bewegt sich kaum. Ich will, aufmerksamer nun, weiter an ihr ziehn und rütteln. Ich will sie freibekommen. Ich will sie mit mir nehmen, wenn ich hinunter muß.

Jetzt schlachtet die Frau Agamemnon.

Jetzt, gleich, geht es an mich.

Ich merke, daß ich, was ich weiß, nicht glauben kann.

So war es immer, wird es immer sein.

Daß es so schwer sein würde, hab ich nicht gewußt, auch wenn mich einmal das Entsetzen packte, daß wir spurlos vergehn, Myrine, Aineias, ich. Ich sagte es ihm. Er schwieg. Daß er keinen Trost wußte, tröstete mich. Er hat mir, als wir uns zum letzten Male sahen, seinen Ring mitgeben wollen, diesen Schlangenring. Ich verneinte mit den Augen. Er warf ihn von der Klippe in das Meer. Der Bogen, den er blitzend in der Sonne beschrieb, ist mir ins Herz gebrannt. So Wichtiges wird nie ein Mensch von uns erfahren. Die Täfelchen der Schreiber, die in Troias Feuer härteten, überliefern die Buchführung des Palastes, Getreide, Krüge, Waffen, Gefangene. Für Schmerz, Glück, Liebe gibt es keine Zeichen. Das kommt mir wie ein ausgesuchtes Unglück vor.

Marpessa singt den Zwillingen ein Lied. Sie lernte es, wie ich, von Parthena der Amme, ihrer Mutter. Wenn das Kind schläft, heißt es, fliegt seine Seele, der schöne Vogel, zur silbernen Olive und dann langsam gegen Sonnenuntergang. Seele, schöner Vogel. Manchmal leicht wie die Berührung einer Feder, manchmal stark und schmerzhaft spürte ich seine Bewegungen in meiner Brust. Der Krieg griff den Männern in die Brust und tötete den Vogel. Erst als er auch nach meiner Seele griff, da hab ich »nein« gesagt. Merkwürdiger Einfall: Die Bewegungen der Seele in mir glichen den Bewegungen der Kinder in meinem Leib, ein leises Sichregen, ein Sichrühren wie im Traum. Als ich diese schwache Traumbewegung zum erstenmal verspürte, erschütterte sie mich bis zum Grund, öffnete die Sperre in mir, die die Liebe zu den Kindern eines aufgezwungenen Vaters zurückhielt, mit einem Strom von Tränen brach sie hervor. Ich habe meine Kinder zum letzten Male angesehn, als der vierschrötige Agamemnon, über den roten Teppich stampfend, hinter der Türe des Palasts verschwand. Jetzt kein Blick mehr auf sie. Marpessa hat sie vor mir verhüllt.

Man könnte sagen, daß ich auch durch sie, um ihretwillen, den Vater verlor. Priamos der König hatte drei Mittel gegen eine Tochter, die ihm nicht gehorchte: Er konnte sie für wahnsinnig erklären. Er konnte sie einsperren. Er konnte sie zu einer ungewollten Heirat zwingen. Dies Mittel, allerdings, war unerhört. Nie war in Troia eine Tochter eines freien Mannes zur Ehe gezwungen worden. Dies war das Letzte. Als der Vater nach Eurypylos und seinem Heer von Mysern schickte, obwohl bekannt war, der wollte als Lohn mich zur Frau, da konnte jeder wissen: Troia war verloren. Nun war in mich, in Hekabe die Königin, in die unglückliche Polyxena, in alle Schwestern, ja in alle Frauen Troias der Zwiespalt gelegt, daß sie Troia hassen mußten, dessen Sieg sie wünschten.

So viele Brüder, soviel Kummer. So viele Schwestern, soviel Entsetzen. O über die furchtbare Fruchtbarkeit der Hekabe.

Wenn ich an Troilos, Hektor, Paris denke, blutet mir das Herz. Denk ich an Polyxena, hab ich Lust zu wüten. Wenn nichts mich überlebte als mein Haß. Wenn aus meinem Grab der Haß erwüchse, ein Baum aus Haß, der flüsterte: Achill das Vieh. Wenn sie ihn fällten, wüchse er erneut. Wenn sie ihn niederhielten, übernähme jeder Grashalm diese Botschaft: Achill das Vieh, Achill das Vieh. Und jeder Sänger, der den Ruhm Achills zu singen wagte, stürbe auf der Stelle unter Qualen. Zwischen der Nachwelt und dem Vieh ein Abgrund der Verachtung oder des Vergessens. Apollon, wenn es dich doch gibt, gewähre dies. Ich hätte nicht umsonst gelebt.

Doch sah ich, wie die, die auf dem Schlachtfeld waren, die Lügen derer, die den Kampf nicht kannten, allmählich glaubten, weil sie ihnen schmeichelten. Eins ist so gut aufs andre abgestimmt, oft war ich in Versuchung, die Natur des Menschen zu verachten. Die Frauen in den Bergen haben mir den Hochmut ausgetrieben. Nicht durch Worte. Dadurch, daß sie anders waren, ihrer Natur die Züge abgewannen, die ich kaum zu träumen wagte. Wenn ich die Zeit noch habe, sollte ich von meinem Körper reden.

Nach dem Tod des Troilos verlor Briseis, des Kalchas

Tochter, beinahe den Verstand. So viele Frauen ich in diesen Jahren schreien hörte – der Briseis Schreie, als wir Troilos begruben, ließen unser Blut gerinnen. Lange ließ sie keinen zu sich sprechen und sprach selbst kein Wort. Das erste war ein leises »Ja«, als ich ihr die Botschaft ihres Vaters Kalchas überbrachte. Sie wollte, falls der König es gestatte, zu ihrem abtrünnigen Vater auf die andre Seite gehn. Der König, hatte ich den Eindruck, war ganz froh, dies ohne Zögern zu gestatten. Selbstverständlich gehörte eine Tochter, die in Trauer war, zu ihrem Vater, der sie liebte. Nicht ungern, dachte ich, vermißte der König Priamos den Anblick einer solchen Trauernden. Daß ihre Trauer die Moral zersetzte, hatt ich im Palast schon flüstern hören. Nun allerdings entrüstete sich Eumelos. Wie, fragte er tückisch, hielt der König des Blutes Bande für bedeutender als die des Staates! Freilich, sagte Priamos, er war der alte und ich liebte ihn. Was denn sonst. Und: Daß er mich im Rat verfluchte, zeigte es nicht, wie er an mir hing? Nein: Mir mußte man schon schärfer kommen, damit ich meinen Vater, den guten König Priamos, als einen Fremden von mir tat.

Ich ging, auch das schien allen einzuleuchten – allen außer Eumelos –, als Freundin mit Briseis zu den Griechen, mit uns zwei meiner Brüder und fünf Krieger, alle unbewaffnet. Niemand von uns Troern zweifelte, daß einer Troerin, die zu ihrem Vater geht, ein würdiges Geleit gebührt. Aber die beinahe ängstliche Verwirrung dieser Griechen! Kalchas, nachdem er seine Tochter innig und behutsam begrüßt hatte, erklärte mir den befremdlichen Empfang. Niemals würde auch nur einer von ihnen waffenlos ins feindliche Lager gehn. Aber sie hätten in einem solchen Falle unser Wort, rief ich. Kalchas der Seher lächelte. Ein Wort! Stell dich um, Kassandra. Und je eher, desto besser. Hätte nämlich ich sie nicht erschreckt, sie hätten deine waffenlosen Brüder umgelegt. – Erschreckt – womit. – Mit der Macht des Zaubers, der in einem waffenlosen Krieger bei uns steckt, besonders wenn er eine Frau begleitet. – Bei uns, Kalchas? – Bei uns Troern, Kassandra. – Zum erstenmal im Leben sah ich einen Mann vom Heimweh ausgebrannt.

Wir standen am Meer, die Wellen leckten unsre Füße. Ich sah die Unmengen von Waffen, Lanzen, Wurfspeere, Schwerter, Schilde hinter dem Holzwall, den die Griechen längs der Küste eilig gegen uns errichtet hatten. Kalchas verstand meinen Blick, erwiderte ihn: Ihr seid verloren. Ich wollte ihn versuchen. Wir könnten Helena dem Menelaos wiedergeben, sagte ich. Wieder lächelte er sein schmerzliches Lächeln: Könntet ihr das wirklich?

Ein Schock: Er wußte. Wußten sie es etwa alle, die da heranstolzierten, mich und Briseis zu begaffen: der nüchterne Menelaos, Odysseus, scharf beobachtend, Agamemnon, der mir gleich zuwider war. Diomedes von Argos, ein baumlanger Kerl. Sie standen und stierten. So blickt man in Troia nicht auf Frauen, sagte ich in unsrer Sprache, die nur Kalchas hier verstand. – Du sagst es, erwiderte er, unbewegt. Daran gewöhnt euch. – Und hierher holst du Briseis? Zu diesen? – Leben soll sie, sagte Kalchas. Überleben. Mehr nicht. Leben um jeden Preis.

Jetzt wußt ich also, warum Kalchas bei den Griechen war. Nein, Kalchas, sagte ich, um jeden Preis? Das nicht.

Heut denk ich anders. Ich war so ruhig. Jetzt ist alles in mir aufgerührt. Die schreckliche Frau werde ich um mein Leben bitten. Vor ihr niederwerfen werd ich mich. Klytaimnestra, sperr mich ein, auf ewig, in dein finsterstes Verlies. Gib mir knapp zum Leben. Aber, ich fleh dich an: Schick mir einen Schreiber, oder, besser noch, eine junge Sklavin mit scharfem Gedächtnis und kraftvoller Stimme. Verfüge, daß sie, was sie von mir hört, ihrer Tochter weitersagen darf. Die wieder ihrer Tochter, und so fort. So daß neben dem Strom der Heldenlieder dies winzge Rinnsal, mühsam, jene fernen, vielleicht glücklicheren Menschen, die einst leben werden, auch erreichte.

Und daran könnt ich glauben, auch nur einen Tag?

Erschlag mich, Klytaimnestra. Töte mich. Mach schnell.

In der Zitadelle wird getrunken. Der wüste Lärm, den ich gern überhören wollte, jetzt schwillt er an. So werden, die mich holen, zu allem übrigen auch noch betrunken sein.

Den Held Achill haben wir damals, als wir Briseis ihrem Schicksal übergaben, nicht gesehn. Er war ihr Schicksal, er sah, irgendwo verborgen, uns. Wie mir mein Herz brannte, als ich sie umarmte. Unbewegten Gesichts stand sie an Diomedes gelehnt, den sie zum erstenmal in ihrem Leben sah. Der ungeschlachte Mensch. Ich sah meinen zarten knabenhaften Bruder Troilos vor mir. Briseis! sagte ich leise, – was willst du. Der liebt mich, erwiderte sie mir. Der sagt, er liebt mich. – Ich sah: Er legte seine Hand auf sie, wie man es bei einer Sklavin tut. Die Griechenmänner um uns lachten ihr dröhnendes Männerlachen. Eine abscheuliche Angst ergriff mich vor der Liebe der Griechen.

Aber wo war Achill. Als ich seinen Namen erwähnte, der in mir bohrte, da endlich sah ich Kalchas sein Gesicht verlieren. Da brach die Maske auf, vor mir stand der vertraute Troer, der Freund meiner frühen Kinderjahre, der kluge maßvolle Ratgeber meines Vaters. Er zog mich beiseite, er achtete nicht auf den Argwohn der Griechen, den er ja erweckte, wenn er mir offenbar ein inneres Geheimnis anvertraute, das ihn drückte. Ja, Achill. Der war auch sein Problem. Er und die Griechen, sagte er, behaupteten, er sei einer Göttin Sohn. Ihr Name: Thetis. Nun. Dies wollten wir, unter uns Priestern, dahingestellt sein lassen. Achill verschenke viel Kriegsgerät und Wein dafür, daß die Legende sich verbreite. Dem, der sie zu bezweifeln wage, drohe er mit finsterster Bestrafung – und der Mann, das solle jeder glauben, wisse zu strafen wie kein zweiter. So daß, was er mir jetzt erzähle, leicht sein Tod sein könne. Nämlich: Als der Krieg beginnen sollte – Odysseus und Menelaos sammelten die griechischen Verbündeten, er, Kalchas, war bei den Verhandlungen zugegen und wisse seitdem, was es heißt, ein Grieche sein –, da kamen sie auch zu Achill. Der war, so sagte seine Mutter, Göttin oder nicht, abwesend, weit entfernt, verreist. Odysseus, der die Menschen kennt, und bis zu einem gewissen Punkt auch sich, was selten ist – Odysseus hatte schnell Verdacht geschöpft, ihn und den Menelaos, den alle Griechen, weil er Helena verloren hatte, insgeheim verachteten, bei der Frau gelassen, war seiner Spürnase gefolgt und fand Achill in einer abgelegnen Kammer mit einem andern Jüngling auf dem Bett. Und da der erfahrene vorausschauende Odysseus ja sich selbst, indem er sich närrisch stellte, dem Truppenaufgebot hatte entziehn wollen – wie! Das wüßten wir nicht? Ja was wüßten wir von unsern Feinden überhaupt! –, da er nicht dulden wollte, daß ein anderer davonkam, wo er bluten mußte, habe er also den Achill buchstäblich am Schlafittchen in den Krieg geschleppt. Es mochte sein, daß er das schon bereute. Achill stellte nämlich allen nach: Jünglingen, nach denen ihn wirklich verlangte, und Mädchen, als Beweis, daß er wie alle war. Im Kampf ein Unhold, damit jeder sah, daß er nicht feige war, wußte er nichts mit sich anzufangen nach der Schlacht.

Und diesem hat er, der Seher Kalchas, später seine Tochter überlassen müssen. Vielleicht hat er sich vorgemacht, nur der Wüsteste könne unter Wüstlingen eine Frau beschützen. Ich sah Briseis wieder, als wir nach Troias Fall durch das

Lager der Griechen getrieben wurden. Ich glaubte, alles Grauen, das ein Mensch sehen kann, hätt ich gesehn. Ich weiß, was ich sage: Alles übertraf der Briseis Gesicht.

Daß er, Achill das Vieh, tausend Tode gehabt hätte. Daß ich bei einem jeden dabei gewesen wäre.

Die Erde möge seine Asche ausspein.

Ich bin sehr müde.

Als wir an jenem fernen Tag von den Griechen zurückkamen, ohne Briseis, war ich nach meinem Gefühl sehr lange weggewesen, und sehr, sehr weit. Da lag, hinter ihrer hohen Mauer, mein Troia, die geliebte Stadt. Das Angriffsziel. Die Beute. Ein Gott hatte mir meine Augen vertauscht. Ich sah mit einemmal alle Schwächen, welche den Griechen nützen konnten. Ich schwor mir, nie, niemals sollte einer wie Achill durch unsre Straßen gehn. Mehr Troerin bin ich, bis auf diesen allerletzten Tag, an keinem Tage meines Lebens je gewesen. Den anderen, ich sah es, ging es ebenso wie mir. So kamen wir nach Hause, ans Skäische Tor. Da stellte uns die Wache. Man brachte uns im Torhaus in einen kleinen, finsteren und stinkenden Raum. Leute des Eumelos diktierten einem verlegnen, wichtigtuerischen Schreiber unsre Namen, die wir, auch ich und meine Brüder, die ein jeder kannte, ihnen nennen mußten. Mein Auflachen wurde mir streng verwiesen. Wo wir gewesen seien. So, beim Feind. Und zu welchem Zweck.

Da glaubte ich zu träumen. Die Männer, auch meine Brüder, Söhne des Königs, wurden durchsucht, Tasche um Tasche, Naht für Naht. Dem ersten, der mich anfaßte, hielt ich das blanke Messer auf die Brust, das ich, um dem Feind nicht ausgesetzt zu sein, für alle Fälle bei mir trug. Dort, sagte ich bitter, dort hab ich es nicht gebraucht.

Was ich denn damit sagen wolle? Verglich ich denn den Feind mit einem königstreuen Troer? – Der Mensch, der so mit mir zu sprechen wagte, schlecht im Fleisch, gedunsen, mit der Aussicht, fett zu werden, den kann ich doch. Der hatte doch schon mal versucht, mich anzufassen. Ich grübelte und sagte kalt: Wer mich berührt, der geht ins Messer. Der Mensch zog sich, halb kriechend, wie ein Hund zurück. Achja, ich kannte ihn. Der Erste Schreiber meines Vaters. Der – ein Mann des Eumelos? Wie stand es denn um meine Stadt. Wie stand es denn um meine Troer, daß sie uns, das Trüppchen, das man durch ihre Gassen trieb, nicht sahn? Einfach nicht sehen, das ist einfach, sah ich. Ihre Augen fand ich nicht. Kalt musterte ich ihre Hinterköpfe. Waren die immer schon so feig gewesen. Ein Volk mit feigen Hinterköpfen, gab es das. Die Frage stellte ich dem Eumelos, der uns, ein Zufall schiens, am Eingang des Palasts erwartete. Ich irritierte ihn. Er herrschte seinen Stellvertreter an: Aber die doch nicht! Man muß doch Unterschiede machen können. Nicht jeder, der Briseis die Verräterin gekannt hat, etwa gar mit ihr befreundet war, ist uns verdächtig. Was aber, wenn schlicht königstreu ist, was Kassandra, übertreibend, wie wir sie ja kennen, feige nennen will? Selbstredend seid ihr frei.

Priamos erklärte mir, im Krieg sei alles, was im Frieden gelten würde, außer Kraft gesetzt. Briseis schade es doch nicht, was hier, wohin sie niemals wieder kommen würde, über sie geredet werde. Uns nütze es. – Inwiefern. – Insofern sich an ihrem Fall die Geister schieden. – Um Himmels willen. Was für Geister scheiden sich an einem Fall, den es nicht gibt. Der eigens zu dem Zweck erfunden wurde. – Und wenn schon. Was öffentlich geworden ist, ist auch real. – So. Real wie Helena.

Da warf er mich hinaus, zum zweiten Mal. Das fing sich an zu häufen, war ich denn taub? Ich glaube, ja. Ich glaube, in gewissem Sinne ja. Ich hab es durchgemacht, doch es mir selber zu erklären, ist noch immer schwer. Mit einem bißchen Wahrheitswillen, mit einem bißchen Mut sei doch das ganze Mißverständnis aus der Welt zu schaffen, glaubt ich immer noch. Was wahr ist, wahr zu nennen, und was unwahr falsch: das mindeste, so dachte ich und hätte unsern Kampf weit besser unterstützt als jede Lüge oder Halbwahrheit. Denn es ging doch nicht an, so dachte ich, den ganzen Krieg und unser ganzes Leben – denn war der Krieg nicht unser Leben! – auf den Zufall einer Lüge aufzubaun. Es war doch ausgeschlossen, so dachte ich – kaum kann ich mich erinnern –, daß die reiche Fülle unsres Daseins auf eine störrische Behauptung gemindert werden sollte. Wir mußten uns doch bloß auf unsere troische Tradition besinnen. Wie war die aber? Worin bestand die doch? Bis ich begriff: In Helena, die wir erfanden, verteidigten wir alles, was wir nicht mehr hatten. Was wir aber, je mehr es schwand, für um so wirklicher erklären mußten. So daß aus Worten, Gesten, Zeremonien und Schweigen ein andres Troia, eine Geisterstadt erstand, in der wir häuslich leben und uns wohlfühln sollten. War ich es denn alleine, die dies sah. Wie im Fieber ging ich Namen durch. Der Vater. Nicht mehr anzusprechen. Die Mutter, die sich mehr und mehr verschloß. Arisbe. Parthena die Amme. Du, Marpessa. Da warnte etwas mich, nämlich die geheime Angst, unvorbereitet einen Blick in eure Welt zu tun. Lieber litt ich, blieb aber, wo ich war. Wo die Geschwister fraglos sich bewegten, als sei der Boden fest, auf den sie traten. Wo Herophile, die alte lederwangige Priesterin, inbrünstig Gaben weihte, den Beistand unsres Gotts Apoll für unsre Waffen zu erflehn. Unmöglich, daß des Königs Tochter und die Priesterin Zweifel am Königshause und am Glauben zu ihrer Dienerin und zu ihrer Amme trug. Schattenhaft tratet ihr, Marpessa, an den Rand meines Gesichtsfelds. Wurdet zu Schatten.

Entwirklicht. Wie auch ich selbst, je mehr ich das, was der Palast des Eumelos befahl, für wirklich nahm. Dabei half dem Palast mehr noch als jeder andre unser bester Feind, Achill. In den Brennpunkt meines Blickes, aller Blicke rückten die Untaten des Tollwütigen, der sich mit seinem wüsten Trupp auf das Land um den Ida-Berg geworfen hatte – dahin, wo Aineias war! –, die Dörfer plünderte, die Männer niedermachte, die Frauen vergewaltigte, Ziegen und Schafe abstach, die Felder zertrampelte. Aineias! Ich flog vor Angst. Nach einem Monat kam er an der Spitze der Dardaner, die sich hatten retten können, in die Festung. Alles schrie und weinte, es war mein schönster Tag. Immer war es so, wenn wir die gleiche Luft atmeten, strömte in die Hülle, die mein Körper war, das Leben wieder ein. Ich sah die Sonne wieder, Mond und Sterne, das Silberblitzen der Olivenbäume im Wind, den metallischen Purpurglanz des Meeres, wenn die Sonne untergeht, die in allen Braun- und Blautönen wechselnden Farben der Ebene, wenn ich gegen Abend auf der Mauer stand. Der Duft der Thymianfelder kam herüber, ich spürte, wie weich die Luft war. Aineias lebte. Ich mußte ihn nicht sehen, konnte warten, bis er zur mir kam. Er wurde in den Rat gezogen, auf den Straßen Troias war ein lebhaftes, beinahe freudiges Treiben. Ein Wort ging um, das niemand erfunden haben wollte und das jedermann im gleichen Augenblick zu kennen schien: Wenn Hektor unser Arm ist, so ist Aineias Troias Seele. An allen Opferschreinen brannten Dankesfeuer, ihm zu Ehren. Aber das sei verkehrt! hörte ich ihn zu Herophile, unserer Oberpriesterin, sagen. Dankt ihr den Göttern, daß sie unser Land verwüsten ließen! – Für deine Rettung danken wir, Aineias, sagte sie. – Unsinn. Meine Rettung folgte doch aus der Verwüstung durch den Feind. – Solln wir die Opferfeuer löschen? Die Götter noch mehr erzürnen? – Von mir aus. –

Ich sah Aineias aus dem Tempel gehn. Der Streit blieb unbemerkt. Die Opfer liefen ab, ich wirkte an den Ritualen mit, wie es mein Amt gebot, Handreichungen, Gebärden, Worte ohne Sinn. Nachts blieb Aineias in den niederen Unterkünften, die man den Flüchtlingen zugewiesen hatte. Ich lag wach und quälte mich mit der Frage, ob er mich mit Herophile, der alten und verstockten Oberpriesterin, gleichsetzte. Ich trug für mich – und ihn – zusammen, was uns unterschied. Dann staunte ich, daß es für einen Außenstehenden sehr wenig war. Daß der Unterschied, auf den ich mir soviel zugute hielt, auf meinen innern Vorbehalt zusammenschrumpfte. Dies konnte ihm, Aineias, nicht genügen. Genügte es denn mir?

Nach einer langen öden Zeit ohne Träume hatte ich nachts endlich wieder einen Traum. Er gehörte zu jenen Träumen, die ich gleich für bedeutsam hielt, nicht ohne weiteres verstand, doch nicht vergaß. Ich ging, allein, durch eine Stadt, die ich nicht kannte, Troia war es nicht, doch Troia war die einzige Stadt, die ich vorher je gesehn. Meine Traumstadt war größer, weitläufiger. Ich wußte, es war Nacht, doch Mond und Sonne standen gleichzeitig am Himmel und stritten um die Vorherrschaft. Ich war, von wem, das wurde nicht gesagt, zur Schiedsrichterin bestellt: Welches von den beiden Himmelsgestirnen heller strahlen könne. Etwas an diesem Wettkampf war verkehrt, doch was, das fand ich nicht heraus, wie ich mich auch anstrengen mochte. Bis ich mutlos und beklommen sagte, es wisse und sehe doch ein jeder, die Sonne sei es, die am hellsten strahle. Phöbus Apollon! rief triumphierend eine Stimme, und zugleich fuhr zu meinem Schrecken Selene, die liebe Mondfrau, klagend zum Horizont hinab. Dies war ein Urteil über mich, doch wie konnte ich schuldig sein, da ich nur ausgesprochen hatte, was der Fall war.

Mit dieser Frage bin ich aufgewacht. Beiläufig und mit falschem Lachen erzählte ich Marpessa meinen Traum. Sie schwieg dazu. Wie viele Tage war mir ihr Gesicht schon abgewandt. Dann kam sie, ließ mich ihre Augen sehn, die, so schiens mir, dunkler, tiefer geworden waren, und sagte: Das wichtigste an deinem Traum, Kassandra, war dein Bemühn, auf eine ganz und gar verkehrte Frage doch eine Antwort zu versuchen. Daran sollst du dich, wenn es dazu kommt, erinnern.

Wer sagt das. Wem hast du meinen Traum erzählt.

Arisbe, erwiderte Marpessa, als sei das selbstverständlich, und ich schwieg. Hatte ich insgeheim gehofft, ihr, Arisbe, werde mein Traum vorgelegt? War sie also für meine Träume zuständig? Ich wußte, daß in diesen Fragen schon die Antwort lag, und fühlte eine Regung in mir nach so langer Starre, die die ersten Monate des Kriegs verursacht hatten. Schon wieder war Vorfrühling, lange hatten uns die Griechen nicht mehr angegriffen, ich verließ die Festung, saß auf einem Hügel überm Fluß Skamander. Was hieß denn das: Die Sonne strahlte heller als der Mond. War denn der Mond zum Hellerstrahlen überhaupt bestimmt? Wer gab mir solche Fragen ein? So war ich, wenn ich Arisbe recht verstand, berechtigt, ja vielleicht verpflichtet, sie zurückzuweisen. Ein Ring, der äußerste, der mich umschlossen hatte, zersprang, fiel von mir ab, viele blieben. Ein Atemholen war es, ein Lockern der Gelenke, ein Aufblühn des Fleisches.

Bei Neumond kam Aineias. Merkwürdig, daß Marpessa nicht, wie es ihre Pflicht gewesen wäre, im Vorraum schlief. Nur einen Augenblick lang sah ich sein Gesicht, als er das Licht ausblies, das neben der Tür in einem Ölbad schwamm. Unser Erkennungszeichen war und blieb seine Hand an meiner Wange, meine Wange in seiner Hand. Wir sagten uns kaum mehr als unsre Namen, ein schöneres Liebesgedicht hatte ich nie gehört. Aineias Kassandra. Kassandra Aineias. Als meine Keuschheit seiner Scheu begegnete, wurden unsre Körper toll. Was meinen Gliedern einfiel auf die Fragen seiner Lippen, welch unbekannte Sinne sein Geruch mir schenken würde, hatte ich nicht ahnen können. Und welcher Stimme meine Kehle fähig war.

Doch Troias Seele sollte nicht in Troia sein. Sehr früh am nächsten Morgen ging er mit einer Schar Bewaffneter – daß es Dardaner waren, seine Leute, hatte er sich erkämpfen müssen – aufs Schiff, welches für lange Zeit die letzten Waren an die Schwarzmeerküste brachte. Ich glaube, und verstand ihn, doch verstand ihn nicht, daß Aineias lieber ging als blieb. Schwer war es allerdings, sich ihn und Eumelos an einem Tisch zu denken. Halt dich an meinen Vater, hat er mir eingeschärft. Für viele Monate entschwand er mir. Die Zeit schien langsamer zu laufen, blaß und schemenhaft blieb sie mir im Gedächtnis, unterteilt nur durch die großen Rituale, an denen ich mitzuwirken hatte, und die öffentlichen Orakelverkündigungen, zu denen unser Volk, der Tröstung sehr bedürftig, zusammenströmte. Bruder Helenos und der Poseidon-Priester Laokoon, ein gestandener Mann, waren die beliebtesten Orakelsprecher, doch ich konnte mir nicht verhehlen, daß sie leeres Geschwätz verbreiteten. Helenos, eher verwundert über meinen Unwillen, wollte nicht bestreiten, daß es so etwas wie bestellte Orakel gab. Von wem bestellt. Nun: vom Königshaus; vom Tempel. Was focht mich an. So war es immer gewesen, denn die Orakelsprecher waren die Münder derer, welche sie bestellten und die beinahe wie die Götter selber göttlich waren. Wie selten, das müßte gerade ich doch wissen, ließ ein Gott sich herab, durch uns zu sprechen. Aber wie häufig brauchten wir der Götter Rat. Wem schadete es also, wenn er, Helenos, verkündete, die Griechen würden niemals unsre Stadt erobern, es sei denn durch das schwächste Tor, das Skäische? Was er übrigens, subjektiv gesprochen, auch für wahr hielt und was die sehr erwünschte Wirkung habe, die Wachen am Skäischen Tor in ihrer Wachsamkeit noch zu bestärken. Oder Laokoon. Aus den Eingeweiden des letzten Opferstieres habe er herausgelesen, nur wenn zehn von den zwölf weißen Pferden unsres königlichen Marstalls in die Hand der Griechen kämen, geriete Troia in Gefahr. Ein undenkbarer Fall. Doch nun sei auch die rechte Flanke innerhalb der Festung – dort, wo der Marstall war – besonders sicher. Was ich um alles in der Welt dagegen hätte.

Nichts, konnte ich nur sagen. Wie soll ich das erklären. Helenos war ein leichtsinniger Mensch, doch kein Täuscher. Er, der Gleichaltrige, Hübsche, zu dem ich mich immer gern herablassend verhielt, mir überlegen. Wodurch. Durch seinen Glauben, zweifellos. An die Götter? Nein. Daß wir im Recht waren, doppelt im Recht, wenn wir der Götter Wort zu uns herniederzwangen. Er handelte und sprach in gutem Glauben, daß die Welt genauso war, wie er sie verkündete. Niemand hat ihm einen Zweifel beibringen können, nie sah ich auch nur den Schatten jenes Lächelns auf seinem Gesicht, das sich in die Mundwinkel des Panthoos inzwischen eingegraben hatte. Seine Beliebtheit nahm er an, wie die Leute es gerne haben: leichthin, als ihm gebührend, und ohne sie und sich unnötig zu belasten. Merkwürdig gut verstand er sich mit Hektor, von dem er überraschend eines Tags verkündete, er werde Troias Ruhm durch alle Zeiten tragen. Andromache, seit Beginn des Krieges Hektors Frau, treu, häuslich, eher unscheinbar, heulte sich die Augen aus dem Kopf. Sie kam zu mir gelaufen, wie die Leute es sich angewöhnt hatten, um mir ihre Träume zu erzählen. Hektor aber träumte, sagte mir

Andromache, aus dem warmen Schoß einer Hündin sei er durch eine entsetzliche Enge in die Welt gestoßen worden und alsbald gezwungen, sich aus dem beschützten und beleckten kleinen Hündchen in einen reißwütigen Eber zu verwandeln, der gegen einen Löwen antritt und von dem – bei sengender Sonne! – überwältigt und zerrissen wird. In Tränen gebadet, vertraute Andromache mir an, sei ihr Mann erwacht. Er sei doch nicht der Mensch, aus dem man Helden macht. Bei Hekabe solle ich um der Götter willen für ihn bitten, er sei ihr Lieblingssohn, das wisse jeder.

Was war doch mein ältester Bruder für ein Kind geblieben. Ich hatte einen Zorn auf Hekabe, die ihn verzärtelt und so klein gehalten hatte, und fand es recht und billig, daß sie für ihn eintrat. Zu meiner großen Überraschung saß Anchises bei ihr, des Aineias sehr geliebter Vater. Es gab keinen Zweifel, Hekabe die Mutter hatte ihn zu ihrem Trost bestellt, da sie für Hektor nichts, gar nichts tun konnte, sie bauten ihn zum Ersten Helden auf. Hektor, »dunkle Wolke«! Unter meinen Brüdern gab es etliche, die sich besser dazu eigneten, im Kampf voranzugehn, als er. Doch Eumelos wollte die Königin treffen, in ihrem Lieblingssohn. Bewährte er sich nicht als Held, so wurde er und mit ihm seine Mutter das Gespött der Stadt. Ging er, so wie man es verlangte, als der erste in den Kampf, so fiel er, früher oder später. Verfluchter Eumelos. Hekabe sah mich an und sagte: Verfluchter Krieg. Wir schwiegen, alle drei. Mit diesem Schweigen, an dem mehrere beteiligt sind, so lernte ich, beginnt Protest.

Anchises. Wär Anchises hier. Wäre er bei mir, alles ließe sich ertragen. Er ließ die Angst nicht zu, daß irgend etwas, was auch geschehen mochte, unerträglich sei. Ja, es gebe Unerträgliches. Doch warum es fürchten, lange eh es da ist! Warum nicht einfach leben, und wenn möglich, heiter.

Heiterkeit, das ist das Wort für ihn, allmählich sah ich auch, woher sie kam: Er durchschaute die Leute, vor allem sich selbst, und hatte Spaß daran, nicht Ekel, wie Panthoos. Anchises war, nein: ist ein freier Mensch. Auch über die ihm übel wollen, denkt er unbefangen nach. Zum Beispiel Eumelos. Nie wäre mir doch in den Sinn gekommen, vorurteilsfrei und heiter über Eumelos zu reden. Ihn nicht zu fürchten und zu hassen, sondern zu verstehn und Mitleid für ihn zu empfinden. Nehmt doch bloß mal, forderte Anchises, daß er keine Frau hat. Jaa – ihr Frauen ahnt nicht, was das einem Mann bedeutet. Daß er Sklavinnen zwingen muß, ihm beizuwohnen. Daß er eure Schadenfreude riecht. Ein Mann wie der riecht doch, was um ihn her passiert. Der ist doch, wie wir alle, nur darauf aus, dahin zurückzukehren, wo es ihm einmal gut gegangen ist: unter eure Röcke. Das verwehrt ihr ihm. Da rächt er sich, so einfach ist das. Etwas Entgegenkommen euerseits, und er ist geheilt, wer weiß. Wie wir auf ihn losgegangen sind. Das Böse als Mangel? Als Krankheit? Heilbar also? Nun, mag sein, gab er dann zu, nicht mehr bei Eumelos. Doch dabei bleibe er: Der Mensch sei ein Produkt von Troia, genau wie – sagen wir, der König Priamos. Anchises vertrat lachend die ungeheuerlichsten Dinge, aber hier ging er zu weit. Eumelos war, rief ich, eine Fehlentwicklung, etwas wie ein Unfall, ein Versehen der Götter, wenn es das gäbe. Wenn es sie gäbe. Während Priamos ... Während Priamos, sagte Anchises trocken, nichts weiter tut, als Eumelos in seine Ämter einzusetzen. Stimmts? Auch eine Fehlentwicklung? – Allerdings. – Ein Zufall, also?

Was war dazu zu sagen. O wie ich mich sträubte, zuzugeben, daß Priamos und Eumelos ein Paar warn, das einander brauchte. Für Wochen mied ich den Anchises, bis Unglaubliches geschah: Die Palastwache verwehrte Hekabe der

Königin die Teilnahme an den Sitzungen des Rats. Jetzt, dachte ich, als ich es hörte, jetzt stürzt die Ordnung im Palast zusammen, und staunte selbst, daß ich nicht nur angstvoll, auch entzückt auf die Veränderung gespannt war, die nun unausweichlich wurde. Nichts geschah. Blicklos, berichtete die Mutter Hekabe in Anchises Hütte, wohin ich atemlos gelaufen kam: blicklos seien alle Männer an ihr vorbei zum Rat gegangen. Auch mein Sohn Hektor, sagte bitter Hekabe. Ihm trat ich in den Weg. Maß ihn mit Blicken, nun, ihr wißt ja, wie ich blicken kann. Versteh doch, Mutter, sagte er. Man will dich schonen. Was jetzt, im Krieg, in unserm Rat zur Sprache kommen muß, ist keine Frauensache mehr.

Freilich, sagte Anchises: Das wird nun Kindersache.

Alles, was sie bedrückte, besprach nun Hekabe die Königin mit ihm. Mir war es nicht geheuer, meine Mutter und den Vater des Aineias auf vertrautem Fuß zu sehen. Aber ich gestand ihr zu: Alles wurde leichter mit Anchises. Er verehrte Hekabe, man sah, er hätte sie nicht weniger verehrt, wenn sie nicht des Königs Frau gewesen wäre. Mir kam er entgegen wie einer sehr geliebten und geachteten Tochter, doch sprach er nicht von seinem Sohn Aineias, eh ich selber von ihm sprach. Sein Zartgefühl war unantastbar wie seine Heiterkeit. Nicht nur mit dem beweglichen Gesicht, mit seinem ganzen hohen kahlen Schädel drückte er aus, was er empfand. Oinone, die ihn liebte wie einen Vater, pflegte zu sagen: Sein Mund lacht, aber seine Stirn ist traurig. Oder man mußte nur auf seine Hände sehn, die beinahe immer ein Stück Holz bearbeiteten, wenigstens betasteten, wobei seine Augen plötzlich lauschen konnten, um zu erfahren, welche Eigenschaft oder Gestalt in diesem Holz verborgen war. Nie ließ er einen Baum fällen, ohne sich vorher ausführlich mit ihm zu besprechen, nie ohne ihm vorher mit einem Samen oder Reis, das er von ihm gewann und in die Erde senkte, sein Weiterleben zuzusichern. Über Holz und Bäume wußte er alles, was es zu wissen gab. Und die Figuren, die er schnitzte, wenn wir zusammenhockten, und die er dann wie eine Auszeichnung verschenkte, wurden unter uns zum Erkennungszeichen. Kamst du in ein Haus und fandest Schnitzwerk von Anchises, Tier oder Mensch, so wußtest du, du konntest offen reden, konntest in jeder Angelegenheit, und sei sie noch so heikel, um Hilfe bitten. So versteckten wir Myrine, als die Griechen alle Amazonen niedermetzelten, und manche ihrer Schwestern in Hütten, in deren Vorraum ein Kälbchen, eine Ziege oder ein Schwein aus Holz von unserem Anchises stand. Wortlos zogen die Frauen sie zum Feuer, warfen ihnen ein Stück Kleidung über, schwärzten ihre Wangen, drückten ihnen, die Frauenarbeit gar nicht kannten, eine Spindel, einen Löffel in die Hand, nahmen auch ihr jüngstes Kind vom Lager und setzten es der abgehetzten Fremden auf den Schoß. Nie hat eine Familie, der Anchises eine Figur gegeben, uns enttäuscht. Er kannte Menschen. Auch zu seiner Hütte unterm Feigenbaum vor dem Dardanischen Tor kam nur, wer zu ihm paßte. Übrigens, er sprach mit jedem, keinen, der ihn besuchen wollte, wies er ab. Er empfing auch Andron, den jungen Offizier des Eumelos, der uns durchsuchen ließ, als wir Briseis abgeliefert hatten. Das ging mir sehr gegen den Strich; sollte Hekabe, die häufig kam, um Anchises nicht zuzumuten, in den Palast zu ihr zu kommen; sollten Oinone, Parthena die Amme, sollten Marpessa oder gar Arisbe diesem Menschen hier begegnen! Warum nicht, sagte Anchises ungerührt. Besser hier als anderswo. Sprich doch mit ihm. Was kostets dich. Eh er tot ist, soll man keinen Menschen für verloren geben. Ich schämte mich, ohne ihm zuzustimmen. Mit Göttern hatte er, soviel ich sehen konnte, nichts zu tun. Doch glaubte er an Menschen. Wenn es danach ging, so war er jünger als wir alle. Bei ihm, unter dem wechselnden Laub des mächtigen Feigenbaumes, hat unser ungezwungenes Leben angefangen, mitten im Krieg, ganz schutzlos, inmitten der immer noch anwachsenden Schar bis über den Kopf Bewaffneter. Während vor meinem ungläubigen Blick die innere Ordnung des Palastes sich veränderte, die ich für ewig hielt, so wie auf einem Fluß die kleinern Hölzer, Strohhalme und Gräser, die er mit sich führt, der stärkeren Strömung folgen. Die stärkere Strömung war die Partei des Königs, zu der ich, seine Tochter, also nicht gehörte. Sondern die aus jüngern Leuten sich zusammensetzte, die in Gruppen gingen, laut sich äußerten, wenn sie beisammen waren, sich ständig von den anderen angegriffen fühlten, sich gegen Anwürfe verteidigen zu müssen glaubten, die gar nicht laut geworden waren, und auch eilfertige Leute fanden, Barden, Schreiber, die ihnen für ihr peinliches Gehabe die Redensarten lieferten. »Sein Gesicht wahren« war eine. »Keine Wirkung zeigen« eine andere. Anchises schüttelte sich vor Lachen. Was heißt denn das! rief er. Als ob man sein Gesicht *nicht* wahren könnte. Oder geben sie uns ohne es zu wissen zu verstehn, ihre Gesichter, die sie für gewöhnlich zeigen, sind gar nicht ihre? Dummköpfe.

Wirklich. Alles wurde leichter mit Anchises. Denn wie ich aus dem Bereich des Feigenbaumes mich entfernte, hatte ichs schwer, jedenfalls kam es mir so vor. Ein Teil von mir, der freudige, freundliche, unbefangene blieb dort, außerhalb der Zitadelle, bei »ihnen«. »Sie« sagte ich von den Leuten um Anchises, nicht »wir«, wir zu sagen war mir noch nicht erlaubt. Schwankend und gebrechlich und diffus war das »Wir«, das ich, solange es nur ging, benutzte. Es schloß den Vater ein, aber schloß es mich noch ein? Doch ein Troia ohne König Priamos den Vater gab es für mich nicht. Schweren Herzens kam der Teil von mir, der königstreu, gehorsam, übereinstimmungsbesessen war, jeden Abend in die Burg zurück. Durchsichtig, schwächlich, immer unansehnlicher wurde mein Wir, an dem ich festhielt, unfühlbarer daher für mich selbst mein Ich. Und dabei war ich für die Leute alles andre als unkenntlich, ihnen war klar und sie hatten es festgelegt, was ich war, eine Prophetin und Traumdeuterin. Eine Instanz. Wenn die Aussicht auf die Zukunft, wenn ihre eigne Ohnmacht sie bedrängte, kamen sie zu mir. Polyxena, die geliebte Schwester, hatte damit angefangen, ihr folgten ihre Freundinnen, die Freundinnen der Freundinnen. Ganz Troia träumte und unterbreitete die Träume mir.

Ja. Ja. Ja. Jetzt werd ich mit mir selbst von Polyxena sprechen. Von jener Schuld, die nicht zu tilgen ist, und würde Klytaimnestra mich zwanzigmal erschlagen. Polyxena war der letzte Name zwischen Aineias und mir, unser letztes, vielleicht einziges Mißverständnis. Ihretwegen, glaubte er, könne ich nicht mit ihm gehn, und versuchte mich zu überzeugen, daß ich der toten Schwester nicht mehr helfen würde, wenn ich blieb. Aber wenn ich etwas wußte, war es doch das. Wir hatten nicht die Zeit, über meine Weigerung, mit ihm zu gehn, die nicht die Vergangenheit betraf, sondern die Zukunft, uns gründlich auszusprechen. Aineias lebt. Er wird von meinem Tod erfahren, wird, wenn er der ist, den ich liebe, sich weiter fragen, warum ich das wählte, Gefangenschaft und Tod, nicht ihn. Vielleicht wird er auch ohne mich begreifen, was ich, um den Preis des Todes, ablehnen mußte: die Unterwerfung unter eine Rolle, die mir zuwiderlief.

Ausweichen, ablenken, so wie immer, wenn ihr Name ansteht: Polyxena. Sie war die andere. Sie war, wie ich nicht sein konnte. Hatte alles, was mir fehlte. Zwar nannte man mich »schön«, das weiß ich, sogar »die Schönste«, aber man blieb ernst dabei. Wenn sie vorbeiging, lächelten sie alle, der erste Priester und der letzte Sklave wie das dümmste Küchenmädchen. Ich suche ein Wort für ihre Erscheinung, ich kann nicht anders, mein Glaube, daß eine geglückte Wendung, Worte also, jede Erscheinung, jedes Vorkommnis befestigen, ja oftmals sogar hervorbringen können, überdauert mich. Aber bei ihr versag ich. Sie war aus verschiedenen Elementen zusammengesetzt, aus Liebreiz, Schmelz und Festigkeit, ja Härte, in ihrem Wesen war ein Widerspruch, der aufreizend wirkte, doch auch reizend, den man fassen, behüten oder aus ihr herausreißen wollte, und müßte man sie selbst dafür zerstören. Sie hatte viele Freunde, von denen sie nicht Abstand hielt, aus Schichten, in die ich damals gar nicht kam, sie sang mit ihnen, Lieder, die sie selber machte. Sie war gut und hatte zugleich den bösen Blick, mit dem sie mich durchschaute, nicht sich selbst. Ja. Sie anzunehmen, kostete mich Selbstverleugnung, sie kam mir nicht entgegen. Seit ich Priesterin geworden war, seit jenem Jahr des Schweigens gegen mich, gingen wir miteinander um, wie die Sitte des Palastes es von uns Schwestern forderte. Wir wußten aber beide, daß wir aufeinandertreffen mußten. Und wir wußten voneinander, daß wirs wußten.

Dann erschrak ich doch. Sie, ausgerechnet Polyxena, kam, mir ihre Träume zu erzählen. Und was für Träume. Unlösbare Verstrickungen. Und ich, ausgerechnet ich, sollte sie ihr deuten. Wonach sie mich nur hassen konnte, und das schien sie auch zu wollen. Mit einem zügellosen, forschenden und fordernden Blick lieferte sie sich mir aus. Sie träumte, aus einer Unratgrube, in der sie hauste, streckte sie ihre Arme aus nach einer Lichtgestalt, nach der sie sich

112

verzehrte. Wer war der Glückliche, versuchte ich zu scher-
zen. Trug er einen Namen? Trocken sagte Polyxena: Ja. Es
ist Andron.

Andron. Der Offizier des Eumelos. Mir verschlugs die
Sprache. Verfluchtes Amt. Ja, sagte ich. Was man halt so
träumt. Den man am Tag zuletzt gesehn hat, sieht man auch
im Traum. Das ist ohne Bedeutung, Polyxena. Von der
Unratgrube schwieg ich. Sie auch. Sie ging, enttäuscht. Kam
wieder. Hatte sich, im Traum, auf die erniedrigendste Art
mit Andron, dem Offizier des Eumelos, vereint, den sie im
Wachen haßte. Sagte sie. Also was war los mit ihr. He,
Schwester, sagte ich so burschikos wie möglich. Ich glaube,
du brauchst einen Mann. – Den hab ich, sagte sie. Er gibt
mir nichts. Sie quälte sich. Haßvoll, als könne sie sich
endlich an mir rächen, verlangte sie, daß ich aussprach, was
sie selber sich nicht sagen konnte: daß etwas in ihr, das sie
selbst nicht kannte, sie zwang, sich nach diesem aufgeblase-
nen Jüngelchen zu verzehren. Nach diesem Nichts von
einem Mann, der auf keine andere Weise von sich reden
machen konnte als durch den unehrenhaften Dienst bei
Eumelos. Den sie verabscheute, sagte sie. Ich kann nicht
sagen, daß ich ihr am Anfang hilfreich war. Anstatt den
Knoten, der sie einschnürte, zu lockern, zog ich ihn durch
Unverständnis fester. Ich wollte es nicht wissen, wie es kam,
daß meine Schwester Polyxena höchste Lust nur dann
empfinden konnte, wenn sie sich bis in den Staub dem
Unwürdigsten unterwarf. Ich vermochte nichts gegen die
Verachtung, die mir Polyxenas Träume eingaben, die sie
natürlich spürte, nicht vertrug. Sie hat mit diesem Andron
heimlich ein Verhältnis angefangen. Das gab es nicht. Nie
hatte eine von uns Schwestern nötig, ihre Neigung zu
verbergen. Mit tiefem ungläubigen Unbehagen sah ich zu,
wie die Zustände im Palast, so als würde an ihnen einer

drehn, uns ihre Kehrseite zuwandten, eine liederliche Fratze. Wie sie, von einem andern Zentrum aus, ein andres Übergewicht bekamen. Und eins der Opfer, das sie unter sich begruben: Polyxena.

Nur, was ich damals nicht begriff und nicht begreifen wollte: daß manche nicht nur von außen, auch aus sich selbst heraus zum Opfer vorbereitet waren. Alles in mir stand dagegen auf. Warum?

Jetzt ist es auf einmal wirklich still. Unendlich dankbar bin ich für die Stille vor dem Tod. Für diesen Augenblick, der mich ganz erfüllt, daß ich gar nichts denken muß. Für diesen Vogel, der lautlos und entfernt den Himmel überfliegt und ihn verwandelt, unmerklich fast, aber mein Auge, das die Himmel alle kennt, ist nicht zu täuschen: So beginnt der Abend.

Die Zeit wird knapp. Was muß ich noch wissen.

Polyxena habe ich verachten müssen, weil ich mich selber nicht verachten wollte. Das kann nicht sein. Aber ich weiß: So ist es. Wozu leb ich noch, wenn nicht, um zu erfahren, was man nur vor dem Tod erfährt. Polyxena, glaube ich, ging so über jedes Maß furchtbar zugrunde, weil nicht sie des Königs Lieblingstochter war, sondern ich. Weil dies der Satz war, aus dem heraus ich viel zu lange lebte. Der stimmen mußte. Der nicht angetastet werden durfte. Wem sonst noch hat sie ihr Geheimnis anvertraut, als mir der Schwester, mir der Seherin. Was nützt es ihr, was mir, jetzt jenen Satz zu wiederholen, den ich aus Schwäche damals fand: Ich bin auch nur ein Mensch. Was soll das »nur«. Ich war überfordert, das ist wahr. Sie, Polyxena, hat mir zuviel zugemutet, weil ihr zuviel zugemutet worden war. Um es kurz zu machen, während sie bei Andron schlief, begann sie von König Priamos zu träumen. Selten zuerst, aber stets das gleiche, dann häufiger, am Ende jede Nacht. Es war mehr

114

als sie ertragen konnte, in ihrer Not kam sie doch wieder zu mir. Der Vater tue ihr im Traum Gewalt an. Sie weinte. Niemand kann für seine Träume, aber man kann verschwiegen sein. Das gab ich der Schwester zu verstehen. Ich glaube, daß ich vor Empörung zitterte. Polyxena brach zusammen. Ich pflegte sie und sorgte, daß sie schwieg. Dies war die Zeit, da ich Aineias nicht empfangen konnte und er auch von allein nicht kam. Ich hörte auf, Anchises zu besuchen. In meinen Eingeweiden saß ein Tier, das fraß an mir und trieb mich um, später fand ich seinen Namen: Panik. Und nur im Tempelbezirk fand ich Ruhe.

Inbrünstig, so mußte es scheinen, verlor ich mich an die Zeremonien, vervollkommnete meine Techniken als Priesterin, lehrte die jungen Priesterinnen das Sprechen im Chor, das ja nicht einfach ist, genoß die weihevolle Atmosphäre an den großen Feiertagen, die Abgeschiedenheit der Priester von der Masse der Gläubigen, die führende Teilnahme an dem großen Schauspiel; die fromme Scheu und die Bewunderung in den Blicken der einfachen Leute; die Überlegenheit, die mein Amt mir gab. Ich brauchte es, dabei zu sein und zugleich nicht betroffen. Denn an die Götter zu glauben, hatte ich inzwischen aufgehört.

Außer Panthoos, der mich beobachtete, hat niemand das bemerkt. Seit wann ich mich ungläubig nennen mußte, könnte ich nicht sagen. Wär es ein Schreck gewesen, etwas wie Bekehrung, ich könnte mich erinnern. Aber der Glaube wich allmählich von mir, so wie manchmal eine Krankheit weicht, und eines Tages sagst du dir, du bist gesund. Die Krankheit findet keinen Boden mehr in dir. So auch der Glauben. Welches wäre denn sein Boden noch gewesen. Als erstes fällt mir Hoffnung ein. Als zweites Furcht. Die Hoffnung hatte mich verlassen, Furcht kannt ich noch. Doch Furcht alleine hält die Götter nicht, sie sind sehr eitel, man soll sie auch lieben; der Hoffnungslose liebt sie nicht. Damals begann mein Gesicht sich zu verändern. Aineias war nicht da, man hatte ihn, wie üblich, weggeschickt. Ich fand, es hatte keinen Sinn, etwas von dem, was in mir vorging, irgendeinem Menschen mitzuteilen. Wir mußten diesen Krieg gewinnen, und ich, des Königs Tochter, glaubte immer weniger daran. Ich stak fest. Mit wem sollte ich das besprechen.

Dazu kam, der Verlauf des Krieges schien mir nicht recht zu geben. Troia hielt stand. Dies Wort war schon zu groß, denn eine Zeitlang war es nicht bedroht. Die Griechen plünderten die Inseln und von uns entfernte Küstenstädte. Hinter ihrer starken Holzwehr ließen sie nur ein paar Schiffe, Zelte, wenig Wachmannschaft zurück – zu stark, um von uns vernichtet zu werden, zu schwach, uns anzugreifen. Gerade die Gewöhnung an den Zustand war es, die mir die Hoffnung nahm. Wie konnte ein Troer lachen, wenn der Feind vor seiner Türe lauerte. Und Sonne. Immer Sonne. Phoibos Apollon, finster strahlend, übermächtig. Immer dieselben Orte, zwischen denen mein Leben sich verlief: Das Heiligtum. Der Tempelhain, dürr in diesem Jahr, der Skamander, der unsern Garten sonst bewässerte, war ausgetrocknet. Meine Hütte aus Lehm, mein Lager, Stuhl und Tisch – die Unterkunft für Zeiten, wenn ich durch Tempeldienst an den Bezirk gebunden war. Der Weg zur Festung, leicht bergan, immer begleitet von zwei Wachsoldaten, die in zwei Schritt Abstand mir zu folgen hatten und nicht mit mir sprachen, weil ich mir das verbeten hatte. Das Tor in der Mauer. Der Ruf der Wachen, immer ein andres törichtes Losungswort, dem die Wächter oben töricht Antwort gaben. Nieder mit dem Feind! – Ins Nichts mit ihm!, in dieser Art. Dann die Fixierung durch den Offizier der Wache. Das Zeichen, daß das Tor geöffnet wurde. Immer der gleiche langweilige Weg zum Palast, immer die gleichen Gesichter vor den Häusern der Handwerker. Und wenn ich den Palast betreten hatte, die immer gleichen Gänge, die zu den immer gleichen Räumen führten, nur daß die Leute, die ich traf, mir immer fremder schienen. Bis heute weiß ich nicht, wie mir entgehen konnte, daß ich eine Gefangene war. Daß ich arbeitete, wie Gefangene arbeiteten, gezwungen. Daß meine Glieder sich nicht mehr von allein bewegten, daß mir auf Gehen, Atmen, Singen die Lust vergangen war. Für alles brauchte ich einen langwierigen Entschluß. Steh auf! befahl ich mir. Geh jetzt! Und wie mich alles anstrengte. Die ungeliebte Pflicht in mir fraß alle Freude auf. Nicht nur für den Feind, auch für mich war Troia uneinnehmbar geworden.

Durch dieses starre Bild laufen Gestalten. Viele namenlos – das war die Zeit, in der ich Namen schnell vergaß und Schwierigkeiten hatte, neue zu erlernen. Auf einmal gab es viele alte Leute, alte Männer. Ich traf sie in den Gängen des Palasts, die sonst wie ausgestorben lagen, Mumien, halbe Krüppel, die Sklaven mühsam vorwärtsschoben. Die gingen in den Rat. Dann sah ich auch die Brüder, die sonst bei der Truppe waren, Hektor dunkle Wolke, der mich immer ansprach, hören wollte, wie es mir, wie es den Frauen gehe, Andromache, die er sehr liebte, unserm Schutz befahl. Und Paris, zermalmt, schief lächelnd, nur noch die Hülle seiner selbst, aber schärfer denn je. Man sagte mir, der gehe über Leichen – nicht Griechenleichen; Troerleichen, ein gefährlicher Mensch. Eine Scharte nach der andern hatte der auszuwetzen, sein Leben lang. Mit dem war nicht zu rechnen. (Ja. Damals begann ich wie unter Zwang die Leute, die ich traf, für einen Notfall, den ich noch nicht kannte, einzuteilen: Mit dem ist zu rechnen, mit dem nicht. Wofür? Das wollte ich nicht wissen. Später stellte sich heraus, ich hatte mich nicht oft geirrt.)

Und König Priamos, der Vater. Das war ein Fall für sich, ein Fall für mich. Er wurde brüchig. Das war das Wort. König Priamos zerbröckelte, je mehr er gezwungen wurde, den König herauszukehren. Starr saß er bei den großen Feiern in der Halle, neuerdings erhöht neben, über Hekabe und hörte auf die Gesänge, die ihn priesen. Ihn und der Troer Heldentaten. Neue Sänger waren nachgewachsen, oder die alten, wenn sie noch geduldet wurden, änderten den Text. Die neuen Texte waren ruhmredig, marktschreierisch und speichelleckerisch, es war doch unmöglich, daß nur ich das merkte. Ich sah mich um; die glanzlosen Gesichter. Sie hatten sich im Zaum. Hatten wir das nötig. Ja, sagte Panthoos, mit dem ich, weil ich sonst keinen hatte, wieder manchmal sprach. Er ließ mich den Inhalt der Anweisung wissen, die gerade an die Oberpriester aller Tempel ergangen war: Der Schwerpunkt aller Feiern sei von den toten Helden auf die Lebenden zu verlegen. Ich war betroffen. Auf der Verehrung der toten Helden beruhte unser Glauben, unser Selbstgefühl. Auf sie beriefen wir uns, wenn wir »ewig« und »unendlich« sagten. Ihre Größe, die wir für unerreichbar hielten, machte uns Lebende bescheiden. – Das war der Punkt. Glaubst du denn, sagte Panthoos, bescheidene Helden, die erst nach ihrem Tode hoffen können zu Ruhm zu kommen, sind die richtigen Gegner für die unbescheidnen Griechen? Hältst du's für klug, die lebenden Helden nicht zu besingen, dafür die toten, und damit preiszugeben, wieviele schon getötet sind? – Aber, sagte ich, seht ihr denn nicht, um wieviel gefährlicher es ist, leichtfertig an den Grund unsrer Zusammengehörigkeit zu rühren! – Und das sagst ausgerechnet du, Kassandra, sagte Panthoos. Glaubst selbst an nichts. Genau wie Eumelos und seine Leute, die hinter allem stecken. Oder wo liegt der Unterschied.

Kühl wies ich ihn zurecht. Wollte der Grieche die Troerin tadeln? Wie konnte ich ihm, oder mir, beweisen, daß er unrecht hatte. Nachts schlief ich nicht. Die Kopfschmerzen begannen. Was glaubte denn ich?

Jetzt, wenn du hören kannst, hör zu, Aineias. Damit sind wir nicht zu Ende gekommen. Das muß ich dir noch erklären. Nein, es gab keinen Rest von Kummer in mir über dein Verhalten damals; daß du, selbst wenn du da warst, selbst wenn du bei mir lagst, zurückgezogen warst, das verstand ich wohl; daß du meine törichten Beteuerungen nicht mehr hören konntest, dieses ewige: Ich will doch dasselbe wie sie! Nur: Warum hast du mir nicht widersprochen. Mir nicht erspart, mich soweit zu vergessen, diesen Satz dem Eumelos selbst entgegenzuhalten, bei unserm ersten wirklich offenen scharfen Zusammenstoß.

Es war, nachdem unser armer Bruder Lykaon durch Achill das Vieh gefangengenommen und gegen ein kostbares Bronzegefäß an den gehässigen König von Lemnos verkauft worden war – eine Schmach, unter der Priamos stöhnte. Und in der Zitadelle schien es nur einen einzigen zu geben, der auf den schandbaren Übermut des Feindes die Antwort wußte; der Mann war Eumelos. Er zog die Schrauben an. Er warf sein Sicherheitsnetz, das bisher die Mitglieder des Königshauses und die Beamtenschaft gedrosselt hatte, über ganz Troia, es betraf nun jedermann. Die Zitadelle nach Einbruch der Dunkelheit gesperrt. Strenge Kontrollen alles dessen, was einer bei sich führte, wann immer Eumelos dies für geboten hielt. Sonderbefugnisse für die Kontrollorgane.

Eumelos, sagte ich, das ist unmöglich. (Selbstverständlich wußte ich, daß es möglich war.) – Und warum? fragte er mit eisiger Höflichkeit. – Weil wir uns damit selber schaden, mehr als den Griechen. – Das möcht ich gerne nochmal von dir hören, sagte er. – In diesem Augenblick sprang die Angst mich an. Eumelos, rief ich, flehend, dessen schäm ich mich noch immer: Aber glaub mir doch! Ich will doch das gleiche wie ihr.

Er zog die Lippen hart zusammen. Den konnte ich nicht gewinnen. Er sagte förmlich: Ausgezeichnet. So wirst du unsre Maßnahmen unterstützen. – Er ließ mich stehen wie ein dummes Ding. Er näherte sich dem Gipfel seiner Machtvollkommenheit.

Wie kam es, daß ich derart niedergeschlagen war. Daß ich mich in einen inneren Dialog mit Eumelos – mit Eumelos! – verstrickte, der über Tage und Nächte ging. Soweit war es gekommen. Ihn, Eumelos, wollte ich überzeugen. Aber wovon! hast du, Aineias, mich gefragt, da blieb ich stumm. Davon, daß wir nicht werden dürften wie Achilles, würde ich heute sagen, bloß um davonzukommen. Daß es noch nicht erwiesen sei, daß wir, bloß um davonzukommen, wie die Griechen werden müßten. Und selbst wenn! War es nicht wichtiger, nach unsrer Art, nach unserem Gesetz zu leben, als überhaupt zu leben? Aber wem wollte ich das weismachen. Und stimmte es denn überhaupt. War nicht Überleben wichtiger. Das allerwichtigste von allem. Das einzige, worauf es ankam. So wäre Eumelos der Mann der Stunde?

Wenn aber längst die Frage anders lautete, nämlich so: das Gesicht des Feindes annehmen, aber trotzdem untergehn? Hör zu, Aineias. Ach begreif mich doch. Das könnte ich nicht noch einmal überstehen. An manchen Tagen lag ich auf meinem Lager, trank etwas Ziegenmilch, ließ die Fenster verhängen, schloß die Augen und blieb regungslos, um das Tier, das mein Gehirn zerfleischte, nur nicht an mein Dasein zu erinnern. Marpessa ging sehr leise hin und her, sie holte Oinone, die mir sanft, wie nur sie es konnte, über Stirn und Nacken strich. Ihre Hände waren jetzt immer kalt. Kam schon der Winter?

Ja, der Winter kam. Der große Herbstmarkt vor den Toren hatte stattgefunden, ein Gespenst von einem Markt. Als Verkäufer verkleidete Eumelos-Leute, dazwischen, starr, die wirklichen Verkäufer. Als Käufer verkleidete Eumelos-Leute, zwischen ihnen, vor Schrecken unbeholfen, wir, die Käufer. Wer spielte wen? In festen Pulks, unsicher, frech, die Griechen. Zufällig stand ich eingekeilt neben Agamemnon, als der bei einem Goldschmied ohne zu feilschen einen sehr teuren, schönen Halsschmuck kaufte. Und noch einmal den gleichen, den hielt er mir hin: Ist er nicht schön? – Um uns bis zu den Horizonten Totenstille. Ich sagte ruhig, beinahe freundlich: Ja. Er ist sehr schön, Agamemnon. – Du kennst mich, sagte Agamemnon. – Wie denn nicht. – Er sah mich lange seltsam an, ich konnte seinen Blick nicht deuten. Dann sprach er leise, nur für mich verständlich: Dieses hier würd ich für mein Leben gerne meiner Tochter schenken. Sie ist nicht mehr. Irgendwie sah sie dir ähnlich. Nimm du's. – Dann gab er mir den Schmuck und machte sich sehr schnell davon.

Von meinen Leuten hat nie jemand diesen Schmuck erwähnt. Ich trug ihn manchmal, trag ihn noch. Sein Gegenstück sah ich vorhin am Hals der Klytaimnestra, sie sah an meinem Hals das Gegenstück des ihren. Mit der gleichen Geste griffen wir danach, blickten uns an, verstanden uns, wie nur Frauen sich verstehn.

Ich fragte Panthoos beiläufig: Welche Tochter? – Iphigenie, sagte er. – Und es ist wahr, was man von ihr erzählt? – Ja. Er hat sie geopfert. Euer Kalchas hat es ihm befohlen.

Sie handeln übereilt und töricht. Glauben das Unglaubliche. Tun, was sie nicht wollen und betrauern selbstmitleidig ihre Opfer.

Wieder diese Angst.

In der Zitadelle waren neue Truppen aus entlegenen Provinzen eingetroffen, häufig sah man jetzt schwarze und braune Gesichter in den Straßen, Trupps von Kämpfern hockten überall um Lagerfeuer, auf einmal war es nicht mehr ratsam für uns Frauen, alleine unterwegs zu sein. Wenn man es recht betrachtete – nur traute niemand sich, es so zu sehn –, schienen die Männer beider Seiten verbündet gegen unsre Frauen. Entmutigt zogen die sich in die winterlichen Höhlen der Häuser, an die glimmenden Feuer und zu den Kindern zurück. Im Tempel beteten sie mit einer Inbrunst, die mir nicht gefiel, weil ihnen unser Gott Apoll Ersatz sein sollte für gestohlenes Leben. Ich hielt es nicht mehr aus. Durchs Priesterinnenkleid geschützt, ging ich wieder zu Anchises. Immer war es, wenn ich nach langer Pause zu ihm kam, als hätte ich die Besuche bei ihm niemals unterbrochen. Zwar ein paar junge Frauen, die mir fremd waren, standen auf und gingen, wie selbstverständlich, ohne Verlegenheit, aber es schmerzte doch. Anchises hatte gerade angefangen, diese großen Körbe zu flechten, alle nahmen das als Marotte, aber nun, Aineias, da ihr unterwegs seid: Worin hättet ihr eure Vorräte verstauen solln; worin hättest du deinen Vater tragen können, der so leicht geworden ist, wenn nicht in einem solchen Korb.

So hörte er nicht auf, das Rohr zurechtzulegen, während wir sprachen. Immer fingen wir bei entlegenen Themen an. Immer setzte er mir diesen Wein vom Ida-Berg vor, der mir ins Blut ging, und selbstgebackene Gerstenfladen. Wort für Wort erzählte ich ihm mein Gespräch mit Eumelos.

Da sprang er auf, warf seinen nackten Kopf zurück und brüllte lachend: Ja! Das glaub ich! Ja! Das möchte dieser Gauner!

Immer wenn er lachte, lachte ich mit. Alles war schon leichter, aber das wichtigste kam ja noch, Anchises belehrte mich. Wenn er mich belehrte, nannte er mich »Mädchen«. Also Mädchen, nun paß doch mal auf. Der Eumelos braucht den Achilles wie ein alter Schuh den andern. Aber dahinter steckt ein primitiver Trick, ein Denkfehler, den er dir in aller hundsgemeinen Unschuld eingeimpft hat. Und der nur funktioniert, solange du ihm nicht auf seine schwache Stelle kommst. Nämlich: Er setzt voraus, was er erst schaffen mußte: Krieg. Ist er soweit gekommen, nimmt er diesen Krieg als das Normale und setzt voraus, aus ihm führt nur ein Weg, der heißt: der Sieg. Dann allerdings diktiert der Feind, was dir zu tun bleibt. Dann steckst du in der Klemme und hast zu wählen zwischen Achill und Eumelos, zwei Übeln. Siehst du nicht, Mädchen, wie Achill dem Eumelos zupaß kommt! Wie er sich keinen bessern Gegner als den Unhold wünschen kann!

Ja, ja, ich sah es. War dem Anchises dankbar, dachte zu Ende, was er mir zu denken überließ. Also hätte man früh dem Übel wehren müssen, als es noch nicht »Krieg« hieß. Hätte Eumelos nicht aufkommen lassen dürfen. Hätte – wer denn. Der König. Priamos, der Vater. Der Zwiespalt blieb mir. Von Eumelos war er auf König Priamos verschoben. Und in dem Zwiespalt saß die Angst.

Ich hatte Angst, Aineias. Das war es, was du niemals glauben wolltest. Die Art von Angst hast du ja nicht gekannt. Ich hab ein Angst-Gedächtnis. Ein Gefühls-Gedächtnis. Wie oft hast du gelacht, daß ich dir, wenn du wieder mal zurückgekommen warst, nicht den Bericht über die Ereignisse erstatten konnte, den du erwartetest. Wer wen auf welche Weise umgebracht, wer in der Hierarchie am Steigen oder Sinken war, wer sich in wen verliebt, wer wem die Frau gestohlen hatte – du mußtest es bei anderen erfragen. Ich wußte es natürlich, daran lag es nicht. Wer nicht in die Ereignisse verstrickt ist, erfährt am meisten. Doch ohne meinen Willen nahm mein Gedächtnis diese Tatsachen einfach nicht ernst genug. Als seien sie nicht wirklich. Nicht wirklich genug. Als seien es Schatten-Taten. Oder wie soll ich es dir erklären. Ich gebe dir ein Beispiel: Polyxena.

Ach, Aineias. Als wäre sie wirklich, sehe ich jeden Zug ihres Gesichts vor mir, in dem das Unglück eingeschrieben stand – wieso sah ich das nur. Und hörte jenen Unterton in ihrer Stimme, der die schmelzende Angst in mir erzeugte, daß es mit ihr, der Schwester, schlecht ausgehn mußte. Wie oft trieb es mich, ihre Hände zu ergreifen und laut hinauszuschreien, was ich sah. Wie hielt ich mich zurück. Wie spannte ich all meine Muskeln gegen diese Angstgewißheit. Mir braucht man nicht zu sagen, warum die Geburt der Zwillinge so schwer war. Meine Muskeln sind verhärtet. Ich hatte das Gefühl, mit meinem Körper jene Stelle abzudekken, durch die, für mich nur spürbar, andre Wirklichkeiten in unsre Welt der festen Körper einsickerten. Die die fünf Sinne, auf die wir uns verständigt haben, nicht erfassen, weshalb wir sie verleugnen müssen.

Worte. Alles, was ich von jener Erfahrung mitzuteilen suchte, war und ist Umschreibung. Für das, was aus mir sprach, haben wir keinen Namen. Ich war sein Mund, nicht freiwillig. Es mußte mich erst niederzwingen, eh ich verlauten ließ, was es mir eingab. Daß ich »die Wahrheit« sprach; ihr mich nicht hören wolltet – das hat der Feind verbreitet. Nicht aus Bosheit, sie verstanden es nicht besser. Für die Griechen gibt es nur entweder Wahrheit oder Lüge, richtig oder falsch, Sieg oder Niederlage, Freund oder Feind, Leben oder Tod. Sie denken anders. Was nicht sichtbar, riechbar, hörbar, tastbar ist, ist nicht vorhanden. Es ist das andere, das sie zwischen ihren scharfen Unterscheidungen

124

zerquetschen, das Dritte, das es nach ihrer Meinung überhaupt nicht gibt, das lächelnde Lebendige, das imstande ist,
sich immer wieder aus sich selbst hervorzubringen, das
Ungetrennte, Geist im Leben, Leben im Geist. Anchises
meinte einmal, wichtiger als die Erfindung des verdammten
Eisens hätte die Gabe der Einfühlung für sie sein können.
Daß sie die eisernen Begriffe Gut und Böse nicht nur auf
sich bezögen. Sondern zum Beispiel auch auf uns.
Nichts davon werden ihre Sänger überliefern.
Und wenn sie – oder wir – es überlieferten? Was folgte
daraus? Nichts. Leider oder glücklicherweise nichts. Nicht
der Gesang, nur der Befehl bewegt mehr als die Luft. Das ist
nicht mein Satz, das ist Penthesileas Satz. Sie verachtete,
was sie mein »Gehabe« nannte. Deine Träume gegen ihre
Wurfspeere! Sie hatte eine fatale unglückselige Art zu
lachen. Zu gerne hätte ich es ihr bewiesen. Sie hat recht
behalten, könnte man wohl sagen, wenn es auf der Seite der
Wurfspeere überhaupt ein Recht gäbe. Zu spät, wieder
einmal zu spät habe ich begriffen, daß sie sich, ihr Leben,
ihren Körper zur Verfügung stellte, um dieses Unrecht vor
aller Augen auf die Spitze zu treiben. Der Abgrund von
Hoffnungslosigkeit, in dem sie lebte.
Eines Tages, als ich gerade Dienst hatte, kamen Hekabe
und Polyxena in den Tempel. Merkwürdig war es, daß sie
dem Apollo opfern wollten und nicht, wie sie es sonst
vorzogen, der Athene, unsrer Schutzherrin, deren Tempel
viel bequemer in der Stadt lag. Was ihr Opfer – Früchte des
Feldes – bewirken sollte, sagten sie mir nicht, ich sah nur,
wie sie sich einig waren, und mein Herz zog sich zusammen.
Ihre Bitte an die Gottheit – das erfuhr ich viel viel später –
war so unnatürlich, daß sie sie nicht einer Göttin, nur einem
männlichen Gotte vortragen konnten: Apollon sollte die
Schwangerschaft, die sie befürchtete, von Polyxena neh-

men. Von Andron, dem sie nach wie vor verfallen war, wollte sie kein Kind. Warum nur trat in jener Stunde der Zwiespalt, in dem sie lebte, als inständiger Ausdruck von Gebrechlichkeit auf ihr Gesicht. Warum mußte Achill das Vieh den Ausdruck sehn. Der Atem stockte mir, als er eintrat. Seitdem er hier den Bruder Troilos getötet hatte, war er Apollon ferngeblieben, obwohl, leider, sag ich, ausgehandelt war, daß dieser Tempel ein neutraler Ort sein sollte, auch den Griechen zur Verehrung ihres Gottes offen. So kam er denn, Achill das Vieh, und sah die Schwester Polyxena, und ich, vom Altar her, von wo man alles sieht, sah, daß er sie sah. Wie sie unserm Bruder Troilos ähnelte. Wie Achill sie mit seinen entsetzlichen Blicken, die ich kannte, verschlang. Und ich: Polyxena, flüsterte ich wohl, dann sank ich um. Als ich erwachte, hockte Herophile die Alte, Lederwangige bei mir. Sie ist verloren, Polyxena ist verloren, sagte ich. – Steh auf, Kassandra, sagte Herophile. Nimm dich zusammen. Laß dich nicht so gehn. Für Gesichte ist jetzt nicht die Zeit. Was geschehn soll, geschieht. Wir sind nicht dazu da, es zu verhindern. Also mach kein Wesens.

Auf einmal wurde unser Tempel ein begehrter Ort. Zweitrangige Unterhändler begegneten sich hier, um das Treffen vorzubereiten, auf das es ankam: Der Troer Hektor traf den Griechenheld Achill. Ich blieb in der Kammer hinter dem Altar, in der man jedes Wort versteht. Ich hörte, was ich wußte: Der Griechenheld Achill wollte die troische Prinzessin Polyxena. Hektor, der von Panthoos erfahren hatte, daß bei den Griechen Väter, ältre Brüder, über Töchter, Schwestern die Gewalt ausüben, ging zum Schein, so war es ausgemacht, auf Achills Begehren ein: Also gut, die Schwester werde er ihm übereignen, wenn er seinerseits den Plan des Griechenlagers an uns weitergebe. Ich glaubte mich

verhört zu haben. Niemals vorher hat Troia einen Gegner zum Verrat an seinen Leuten aufgefordert. Nie eine seiner Töchter an den Feind um diesen Preis verkauft. Unbeweglich stand dieser Andron, dem Polyxena anhing, hinter Bruder Hektor. Und Achill das Vieh, der, wie er ja bewiesen hatte, das Heiligtum nicht fürchtete, ging keinem dieser beiden an die Kehle. Konnte er denn ahnen, wie eng der erste Ring Bewaffneter das Heiligtum umstellte? Kaum. Er sagte, daß er sich das Ganze überlegen werde. Doch bitte er, noch einmal Polyxena sehn zu dürfen. Dies wollte nun, merkwüdig genug, Bruder Hektor nicht gestatten. Da griff Freund Andron ein, mit seiner frischen Stimme. Warum denn nicht! hört ich ihn sagen. Ach Schwester, dacht ich, könntest du ihn hören, deinen hübschen Tunichtgut. Am Abend, wurde abgemacht, würde sich Polyxena zeigen, auf der Mauer, neben dem Skäischen Tor, ihrem künftigen Besitzer.
Inständig bat ich Polyxena, sich nicht zu zeigen. Warum denn nicht, sagte sie, wie jener Andron. Sie hatte keinen Grund dagegen, doch reichte das! Wo war ihr Grund dafür! So liebst du dieses Vieh? Kriegst du auch das noch fertig! entfuhr es mir. Der Satz, den ich mir nicht verzeihe. Der mir die Schwester unerreichbar weit entrückte. Ich sah es gleich, so wurde ihr Gesichtsausdruck: entrückt. Ich, in Panik, griff nach ihren Händen, entschuldigte mich, redete wie von Sinnen auf sie ein. Vergebens. Abends vor Sonnenuntergang stand sie auf der Mauer, mit jenem neuen fernen Lächeln, und blickte auf Achill hinab. Der stierte. Beinahe tropfte ihm der Speichel. Da entblößte meine Schwester Polyxena langsam ihre Brust, dabei blickte sie – immer wie von weit – auf uns: ihren Geliebten, ihren Bruder, ihre Schwester. Ich, flehentlich, erwiderte den Blick. He, Hektor! brüllte von unten mit heisrer Stimme Achill das Vieh. Hörst du mich! Die Übereinkunft gilt.

Sie galt. Für Monate war meine Schwester Polyxena die bewundertste Frau in Troia. Das hatte sie gewollt. Die Ihren strafen, indem sie sich selbst verdarb: Die Taten, die der Krieg heraustrieb, waren Mißgeburten. Polyxena hatte, als sie ihre Brust dem Griechen hinhielt, das Kind des Andron als ein kleines Klümpchen Blut verloren. Triumphierend, schamlos gab sie es bekannt. Frei sei sie, frei. Nichts, niemand halte sie.

So war es.

Ich ging zu Anchises. Die Runde, die ich antraf, blieb. Mein Verdacht war richtig: Hier trafen Sklavinnen aus dem Griechenlager mit unsern Frauen aus der Stadt zusammen. Warum auch nicht. So leicht war ich nicht mehr zu überraschen. Das dachte ich. Dann überraschten sie mich doch. Achill, erfuhren wir, hatte sich strikt geweigert, am Kampf der Griechen weiter teilzunehmen. Also hielt er Wort. Die Pest hatte das Griechenlager heimgesucht, geschickt vom Gott Apoll, behauptete der Seher Kalchas. Man müsse eine kleine Sklavin, die der große Agamemnon als sein Eigentum betrachtete, ihrem Vater wiedergeben, der zufällig auch ein Seher war. Dafür mußte dem Agamemnon Ersatz geleistet werden: Gewiß nicht ohne Zutun ihres Vaters Kalchas wurde Briseis, unsre Briseis, dem Achill entrissen, dem man sie solange zu beliebigem Gebrauch belassen hatte, und dem großen Flottenführer Agamemnon zugeteilt. Der hielt sie, sagten die Sklavenmädchen, in einem besondern Zelt. Ging nicht zu ihr, weder bei Tag noch bei Nacht. Der einzge Mann, der sie besuche, sei ihr ganz und gar ergrauter Vater Kalchas. Als ich zu fragen wagte, wie es ihr denn gehe, war nur ein langer stummer Blick die Antwort.

Mich fror. Bis in die letzte Faser meines Körpers war mir kalt. Anchises schien zu wissen, wie mir zumute war. Aineias kommt, sagte er leise. Weißt du es schon? Da schlug mir warmes Blut bis ins Gesicht. Aineias kam. Sein Schiff kam durch. Ich lebte. Aineias war bedrückt. Man hatte ihn ganz in den Krieg hineingezogen. Er brachte Hoffnung auf Verstärkung. Die Griechen mußten hingehalten werden. Zweikämpfe zwischen einigen von ihnen und einigen unsrer Männer fanden statt, Kampfspiele eigentlich, nach Regeln, die die Griechen akzeptierten. Ganz Troia stand auf der Mauer und sah dem Zweikampf zwischen unserm Hektor und Groß Aias zu, ein besonderes Vergnügen, weil wir sahen: Hektors zähes Training hatte sich gelohnt. Hektor dunkle Wolke war ein Kämpfer, der sich mit jedem messen konnte. Hekabe ging weg, weißen Gesichts. Die beiden Helden tauschten ihre Waffen, und die Törichten von den Mauern klatschten Beifall. Unglückswaffen. Das Gehenk des Aias hat Achill das Vieh benutzt, um Hektor anzukoppeln, als er ihn um die Zitadelle schleifte. Und Hektors Schwert brauchte Groß Aias, als er, vom Wahnsinn umgetrieben, Selbstmord machte.

Die Dinge glitten uns aus der Hand und richteten sich gegen uns. Da maßen wir ihnen übertriebene Bedeutung zu. Mit welchem Aufwand wurden Schild, Schwert, Wurfspeer und Panzer für Hektor angefertigt! Nicht nur die besten, auch die schönsten Waffen stünden ihm zu. Einmal traf ich ihn, etwas wie Frühling lag schon in der Luft, vor der Tür der Waffenschmiede. Ungeachtet unsrer Eumelos-Begleiter schloß er sich mir an. Manchmal genügt ein einziges Gespräch. Es zeigte sich, er hatte mich beobachtet. Du scheinst mir wegzutreiben, Schwester, sagte er, ohne Vorwurf in der Stimme. Aber weißt du auch, wohin? – Lange hatte mich keine Frage so gerührt. Hektor. Lieber. Er wußte, daß er nur noch kurz zu leben hatte. Ich wußte, daß er wußte. Was hätte ich ihm sagen können. Ich sagte ihm, daß Troia nicht mehr Troia war. Daß ich nicht wußte, wie ich damit fertigwerden sollte. Daß ich mich wie ein wundes Tier in einer Falle fühlte, keinen Ausweg sah. Immer, wenn ich an Hektor denke, fühle ich die Mauerkante meinen Rücken hinunter, an die ich mich preßte und rieche Pferdedung, vermischt mit Erde. Er legte mir den Arm um meine Schulter, zog mich an sich. Kleine Schwester. Immer so genau. Immer so hoch hinaus. Du mußt vielleicht so sein, wir müssen dich ertragen. Schade, daß du kein Mann bist. Du könntest in den Kampf gehen. Glaub mir, manchmal ist das besser. Als was? – Wir lächelten.

Sonst sprachen unsre Augen. Daß wir uns liebten. Daß wir Abschied nehmen mußten. Nie mehr, Hektor, Lieber, habe ich ein Mann sein wollen. Oft jenen Mächten, die für das Geschlecht der Menschen einstehn, gedankt, daß ich Frau sein darf. Daß ich an dem Tag, an dem du fallen würdest, wie wir beide wußten, nicht dabeisein mußte, das Schlacht-feld meiden konnte, auf dem Achill erneut sein Wesen trieb, nachdem sein Liebesfreund Patroklos von den Unseren getötet war. Zwiespältige Nachricht! War nicht Polyxena nun gerettet? Achills Sklavin kam mit verzerrten Zügen zu Anchises: Briseis, unsre Briseis, wurde, um ihren bockigen Herrn zu versöhnen, von Agamemnon eigenhändig ihm zurückgebracht. In welcher Verfassung! Das Mädchen weinte. Nein, nun gehe sie nicht mehr zurück. Wir sollten mit ihr machen, was wir wollten. Arisbe gab der lieblichen Oinone einen Wink. Mit ihr, dieser jungen Sklavin, die versteckt sein wollte, begann das ungebundne Leben in den Höhlen. Im nächsten Sommer sah ich sie wieder, ein andrer Mensch. Und auch ich bereit, der andre Mensch zu werden, der sich unter Verzweiflung, Schmerz und Trauer schon so lange in mir regte. Die erste Regung, die ich zuließ, war der Stich von Neid, den ich empfand, als Achills Sklavin, eng umschlungen mit Oinone, ging, ich wußte nicht, wohin. Und ich? Rettet mich auch! hätte ich fast gerufen, aber was mir zu erleben vorbehalten war, hatte ich noch nicht erlebt. Den Tag auf meinem Weidenlager, in kaltem Schweiß, als Hektor, wie ich wußte, auf das Schlachtfeld ging und, wie ich wußte, fiel.

Ich weiß nicht, wie es vor sich ging; nie durfte jemand mir davon sprechen, auch Aineias nicht, der dabei war, doch um den ich mich nicht sorgte. In der tiefsten Tiefe; im innersten Innern, da, wo Leib und Seele noch nicht geschieden sind und wohin kein Wort, auch kein Gedanke reicht, erfuhr ich alles über Hektors Kampf, Verwundung, seinen zähen Widerstand und seinen Tod. Ich war Hektor, das ist nicht zuviel gesagt, weil: ich war mit ihm verbunden, viel zu wenig sagte. Achill das Vieh hat ihn, hat mich erstochen, verstümmelt, am Gehenk des Aias viele Male um die Burg geschleift. Ich war lebend, was der tote Hektor wurde: ein Klumpen rohes Fleisch. Fühllos. Das Geschrei der Mutter, des Vaters Heulen: fern. Ob er den Leichnam von Achill erbitten sollte. Warum denn nicht. Des Vaters nächtlicher Gang, der mich, wäre ich noch ich gewesen, unendlich hätte rühren können. Ein wenig rührte mich, daß er sich an Achill, den er im Schlaf getroffen, nicht vergreifen konnte. Dann stand ich, ungerührt, wieder einmal auf der Mauer, am wohlbekannten Platz neben dem Skäischen Tor. Unten die Waage. Auf der einen Schale eine rohe Masse Fleisch, die einst Hektor, unser Bruder, war und auf der andern unser ganzes Gold für Hektors Mörder. Dies war der tiefste oder höchste Punkt des Krieges. Meine innre Kälte. Andromache, die leblos auf der Erde lag. Und Polyxenas Gesicht, das hierher paßte, Lust an Selbstzerstörung. Wie sie verächtlich ihre Armringe und Ketten auf den Goldberg warf, dem ein weniges noch zu dem Gewicht von Hektors Leiche fehlte. Wir lernten rasend schnell. Daß man Tote mit Gold

131

aufwiegt, hatten wir nicht gewußt. Doch es war noch andres möglich: Einen toten Mann gegen eine lebendige Frau zu tauschen. Achill schrie es herauf, zu Priamos: He, König! Gib mir deine schöne Tochter Polyxena und behalt dein Gold.

Polyxenas Lachen. Und des Königs Antwort, die er schnell mit Eumelos und Andron abgesprochen: Berede Menelaos, daß er auf Helena verzichtet, und du bekommst die Tochter Polyxena.

Von diesem Tag an träumte ich nicht mehr, ein schlimmes Zeichen. An diesem Tag und in der Nacht, die auf ihn folgte, wurde jenes Teil zerstört, aus dem die Träume kommen, auch die schlimmen. Achill das Vieh hielt außer uns und in uns jeden Zoll besetzt. In jener Nacht, da er die Leiche des Patroklos, seines Liebsten, verbrennen ließ, schlachtete Achill das Vieh als Opfer zwölf Gefangene, die edelsten, zwei Söhne Hekabes und Priamos' darunter. In jener Nacht verließen uns die Götter. Zwölfmal der Schrei, der eines Tieres. Zwölfmal gruben sich der Mutter Fingernägel tiefer in mein Fleisch. Dann prasselten dreizehn Scheiterhaufen auf, ein ungeheuer großer und zwölf kleinere, die schauerliche rote Glut gegen den schwarzen Himmel. Dann roch es nach verbranntem Fleisch, der Wind kam von See. Zwölfmal hatte das glühende Eisen in uns jene Stelle ausgebrannt, aus der Schmerz, Liebe, Leben, Träume kommen können. Das namenlose Weiche, das den Mensch zum Menschen macht. Hekabe, als sie von mir abfiel, war eine alte Frau, hohlwangig, weißhaarig. Andromache ein wimmerndes Bündel in der Ecke. Polyxena scharf und entschlossen wie ein Schwert. Priamos, bar jeden Königtums, ein kranker Greis.

Troia lag dunkel, totenstill. Ein Trupp unsrer Krieger stürmte unter der Führung von Bruder Paris in die Kellerräume der Zitadelle, in denen, schlotternd vor Angst, die griechischen Gefangenen beieinander hockten. Eines der Palastmädchen holte mich. Ich trat in den Keller, der nach Moder, Schweiß und Exkrementen stank. In zitternder Stille standen die Troer und die gefangnen Griechen sich gegenüber, zwischen ihnen der Abgrund eines Schrittes, über dem Abgrund der Troer blanke Messer. Da trat ich, ohne Priesterkleid, in diesen schmalen Zwischenraum, ging ihn, vom heißen Atem der Griechen, von den kalten Messern der Troer gestreift, Schritt für Schritt entlang, von der einen Wand zur andern. Alles still. Hinter mir sanken die Messer der Troer. Die Griechen weinten. Wie liebte ich meine Landsleute.

Paris vertrat mir den Ausgang. Du also, Priesterin, gestattest meinen Leuten nicht, Gleiches mit Gleichem zu vergelten. – Ich sagte: Nein.

Das war beinah das einzge Wort, das mir noch blieb.

Panthoos machte mich darauf aufmerksam, daß Wörter körperliche Folgen haben. Das Nein habe eine zusammenziehende, das Ja eine lösende Wirkung. Wie kam es nur, warum ließ ich es zu, wieso blieb auch Aineias derart lange aus – Panthoos näherte sich mir wieder. Obwohl wir uns nicht mehr leiden konnten. Ich wurde grundlos zornig, wenn ich ihn bloß sah – schmal, zusammengezogen, mit den Priesterfrauenkleidern, und darauf dieser große Kopf. Immer das zynische Grinsen. Ich mochte Leute nicht, denen man die Angst anroch. Er vertrug kein Mitleid, in dem Verachtung steckte. Unbemerkt von mir war wieder Frühling. Wir standen unter den Oliven im Apollon-Hain, am Abend. Mir war aufgefallen, daß ich Panthoos nur noch in Tempelnähe sah. Ja, sagte er, jenseits dieser Hecke beginnt die Wildnis. Die Gefahr. – Ich sah ihn mir ausführlich an. Welchem Tier glich er doch jetzt. Einem Iltis, der bedroht wird. Der aus Angst die Lippen von den Zähnen hochzieht, wie im Ekel, und dabei die Eckzähne entblößt. Der angreift, weil er Angst hat. Mir wurde übel. Eine Vorstellung überkam mich, die ich nicht abwehren konnte. Leute mit Knüppeln trieben einen Iltis aus seinem Bau, durch den Tempelbezirk, jagten ihn aus dem Gehege und erschlugen ihn, der pfeifend, zischend starb. Er sah den Schrecken in meinen Augen und warf sich auf mich, begrub mich unter sich, stammelte meinen Namen an meinem Ohr, flehte um Hilfe. Ich gab ihm nach. Kam ihm entgegen. Er versagte. Aus Wut und Enttäuschung zischte er wie das Tier.

Es kam heraus, ich hatte auch ihn in jener Nacht gerettet; er war im Keller unter den gefangnen Griechen. Daß ich die Messer nicht gefürchtet hatte, konnte er mir nicht vergeben. Ihr kriegt mich nicht, zischte er. Die Griechen kriegen mich auch nicht. Er zeigte mir die Kapsel mit dem Pulver. Er behielt recht. Wir nicht, die Griechen nicht – die Amazonen haben ihn bekommen.

Penthesileas Frauen. Aineias, stellte sich jetzt heraus, hatte sie auf sicheren Wegen hergeführt. Er mit seiner weißen Hand ging neben der dunklen Penthesilea mit dem wilden schwarzen Haar, das ihr nach allen Seiten vom Kopf wegstand. Täuschte ich mich, oder hing des Aineias Blick an ihr? Dann kam Myrine, kleines Pferdchen, atemlos, am Ende eines langen Laufes, der kein Ziel mehr hatte. Auch sie ganz auf Penthesilea ausgerichtet. Was wollte die in Troia. Man sagte mir, Aineias sagte mir: Sie sucht den Kampf. Also waren wir so weit, daß ein jeder, der den Kampf sucht, Mann oder Weib, bei uns willkommen ist? Aineias sagte, ja, wir sind so weit. Sehr zurückhaltend beurteilte er die kleine, fest geschlossene Frauenschar. Zurückhaltend lagen wir nebeneinander und sprachen über

Penthesilea, es war Irrsinn. Kein Wort brachte ich heraus über die Nacht, da die Griechen die Gefangnen töteten. Aineias fragte nicht. Weiß, weiß leuchtete sein Körper in der Dunkelheit. Er berührte mich. Nichts regte sich. Ich weinte. Aineias weinte. Sie hatten uns geschafft. Trostlos gingen wir auseinander. Lieber. Als wir uns später wirklich trennten, gab es keine Tränen, Trost auch nicht. Etwas wie Zorn von deiner Seite, Entschlossenheit von meiner, jeder verstand den anderen. Wir waren noch nicht miteinander fertig. So auseinandergehn, ist schwerer, leichter.

Diese Worte haben für uns keinen Sinn. Schwerer, leichter: Wie soll man solche feinen Unterschiede treffen, wenn alles unerträglich wird.

Was soll das. Was geschieht. Was wollen diese Menschen. Mein Wagenlenker führt, heimlich, scheint es, Greisinnen und Greise zu mir heran, alte Leute aus Mykenae, die sich mir mit Ehrfurcht, scheint es, nähern. Marpessa, siehst du das. – Ich sehe es, Kassandra. – Ahnst du, was die wollen. – So gut wie du. – Ich will nicht. – Sag es ihnen, doch es wird nichts nützen. – Unser Wagenlenker macht sich zum Sprecher. Sie wolln von mir das Schicksal ihrer Stadt erfahren.

Arme Menschen.

Wie sie meinen Troern ähneln.

Siehst du, Aineias, das hab ich gemeint: die Wiederholung. Die ich nicht mehr will. Der du dich ausgeliefert hast.

Sag ich denen, ich weiß nichts, werden sie mir nicht glauben. Sag ich, was ich vorausseh, wie es jeder könnte, bringen sie mich um. Das wär das schlimmste nicht, doch ihre eigne Königin würde sie dafür strafen. Oder habe ich hier, anders als zuletzt in Troia, keine Überwacher. Sollte ich in der Gefangenschaft frei sein, mich zu äußern. Liebe Feinde. Wer bin ich, daß ich in euch nur die Sieger, nicht auch die, die leben werden, seh. Die leben müssen, damit, was wir

135

Leben nennen, weitergeht. Diese armen Sieger müssen für alle, die sie getötet haben, weiterleben.

Ich sage ihnen: Wenn ihr aufhörn könnt zu siegen, wird diese eure Stadt bestehn.

Gestatte eine Frage, Seherin – (Der Wagenlenker.) – Frag. – Du glaubst nicht dran. – Woran. – Daß wir zu siegen aufhörn können. – Ich weiß von keinem Sieger, der es konnte. – So ist, wenn Sieg auf Sieg am Ende Untergang bedeutet, der Untergang in unsere Natur gelegt.

Die Frage aller Fragen. Was für ein kluger Mann.

Komm näher, Wagenlenker. Hör zu. Ich glaube, daß wir unsere Natur nicht kennen. Daß ich nicht alles weiß. So mag es, in der Zukunft, Menschen geben, die ihren Sieg in Leben umzuwandeln wissen.

In der Zukunft, Seherin. Ich frage nach Mykenae. Nach mir und meinen Kindern. Nach unserm Königshaus.

Ich schweige. Seh den Leichnam seines Königs, der ausblutet wie ein Stück Vieh beim Schlächter. Es schüttelt mich. Der Wagenlenker, bleich geworden, tritt zurück. Ihm muß man nichts mehr sagen.

Jetzt bin ich gleich soweit.

Wer war Penthesilea. Klar ist, daß ich ihr nicht gerecht geworden bin, und sie nicht mir. Scharfäugig und scharfzüngig, war sie mir eine Spur zu grell. Jeder Auftritt, jeder Satz eine Herausforderung an jedermann. Sie suchte unter uns nicht nach Verbündeten. Sie kämpfte nicht nur gegen die Griechen: gegen alle Männer. Ich sah, Priamos hatte Angst vor ihr, und Eumelos umgab sie mit einem dichten Sicherheitskordon. Doch undurchdringlicher als jeder Abschirmdienst umgab sie der Schauder des gemeinen Volkes vor ihrer Unbedingtheit. Wir ahnten, doch die meisten wollten es nicht wissen: Sie hatte hinter sich, was wir noch vor uns hatten. Lieber kämpfend sterben, als versklavt sein, sagten ihre Frauen, die sie alle in der Hand hielt, mit der Bewegung ihres kleinen Fingers aufstachelte oder beruhigte, wie sie es wollte. Sie herrschte, wie nur je ein König. Diese Weiber hätten ihre eignen Männer umgebracht, flüsterten entsetzt die braven Troer. Sie seien Ungeheuer mit nur einer Brust, die andre, um den Bogen besser zu bedienen, hätten sie sich im zarten Alter ausgebrannt. Darauf erschienen sie entblößten Oberkörpers in dem Tempel der Athene, mit ihren schönen nackten Brüsten, und mit ihren Waffen. Artemis, sagten sie – so nannten sie Pallas Athene – trage selbst den Speer; sie wünsche nicht, daß wir entwaffnet zu ihr kämen. Die Priester schickten alle Troer aus dem Tempel und überließen ihn den Kriegerinnen für ihre wilden Rituale. Die töten, wen sie lieben, lieben, um zu töten, sagte Panthoos. Ich traf, merkwürdig genug, Penthesilea und Myrine bei Anchises. Sie duldeten sonst Männer nicht in ihrer Nähe. Anchises, der sie listig und vorurteilsfrei ansah, ließen sie gelten. Alle Frauen, die dort waren, kannte ich. Sie wollten, sagten sie, einander kennenlernen.

Es stellte sich heraus, in vielem warn sie einig. Ich sage »sie«, denn ich hielt mich vorerst zurück. Die bewohnte Welt, soweit sie uns bekannt war, hatte sich immer grausamer, immer schneller gegen uns gekehrt. Gegen uns Frauen, sagte Penthesilea. Gegen uns Menschen, hielt Arisbe ihr entgegen.

Penthesilea: Die Männer kommen schon auf ihre Kosten.

Arisbe: Du nennst ihren Niedergang zu Schlächtern auf ihre Kosten kommen?

Penthesila: Sie sind Schlächter. So tun sie, was ihnen Spaß macht.

Arisbe: Und wir? Wenn wir auch Schlächterinnen würden?

Penthesilea: So tun wir, was wir müssen. Doch es macht uns keinen Spaß.

Arisbe: Wir sollen tun, was sie tun, um unser Anderssein zu zeigen!

Penthesilea: Ja.

Oinone: Aber so kann man nicht leben.

Penthesilea: Nicht leben? Sterben schon.

Hekabe: Kind. Du willst, daß alles aufhört.

Penthesilea: Das will ich. Da ich kein andres Mittel kenne, daß die Männer aufhörn.

Da kam die junge Sklavin aus dem Griechenlager zu ihr herüber, kniete vor ihr hin und legte Penthesileas Hände an ihr Gesicht. Sie sagte: Penthesilea. Komm zu uns. – Zu euch? Was heißt das. – Ins Gebirge. In den Wald. In die Höhlen am Skamander. Zwischen Töten und Sterben ist ein Drittes: Leben.

Der Satz der jungen Sklavin traf mich. Sie lebten also. Ohne mich. Sie kannten sich. Das Mädchen, das ich »junge Sklavin« nannte, hieß Killa. Oinone, schien es, die ich nie mehr in Paris' Nähe sah, war mit ihr befreundet, sie paßten zueinander. Marpessa, die mir diente, schien in jener Welt ausdrücklich Achtung zu genießen. Ach, dabeisein können! Dieselbe helle Sehnsucht in Myrines Augen. Es war der erste offne Blick, den wir einander gönnten.

Penthesilea: Nein. – Der Funke in Myrines Augen erlosch sofort. Heftig warf ich Penthesilea vor: Du willst sterben, und die andern zwingst du, dich zu begleiten.

Das ist der zweite Satz, den ich bereue.

Wie! schrie Penthesilea. So kommst du mir! Gerade du: nicht Fisch, nicht Fleisch!

Viel hätte nicht gefehlt, dann wärn wir aufeinander losgegangen.

Und alles das hatte ich bis jetzt vergessen. Weil ich die Todessucht bei einer Frau nicht gelten lassen wollte. Und weil ihr Sterben alles, was man vorher über sie gewußt hat, unter sich begrub. Wenn wir geglaubt hatten, der Schrecken könne sich nicht mehr steigern, so mußten wir jetzt einsehn, daß es für die Greuel, die Menschen einander antun, keine Grenzen gibt; daß wir imstande sind, die Eingeweide des andern zu durchwühlen, seine Hirnschale zu knacken, auf der Suche nach dem Gipfelpunkt der Pein. »Wir« sag ich, und von allen Wir, zu denen ich gelangte, bleibt dies dasjenige, das mich am meisten anficht. »Achill das Vieh« sagt sich um so vieles leichter als dies Wir.

Warum ich stöhne? Marpessa war dabei – du, Marpessa, warst dabei, als Myrine, ein blutiges Bündel, an die Tür der Hütte kratzte, in die wir uns gerettet hatten. Es war todfinster, diese Nacht erhellten keine Feuer, die Toten wurden erst am Morgen eingesammelt. An Myrines Körper gab es keinen Flecken, wo wir sie berühren konnten, ohne daß sie winselte. Ich seh noch das Gesicht der Bäuerin, in deren Hütte wir Schutz fanden, als Myrine vor uns lag und wir ihre Wunden mit einem Kräutersaft betupften. Wir, Marpessa, du und ich, wir hatten keine Tränen. Ich hoffte, daß es schnell zu Ende ginge. Als wir hörten, daß die Griechen auf der Suche nach versprengten Amazonen zum erstenmal in diese Hütten kamen, warfen wir ungesponnene Wolle bergweis auf Myrine in der Ecke, der Berg bewegte sich von ihrem kleinen Atem nicht. Wir hockten in schmutzigen zerrissenen Kleidern um das Feuer, ich weiß noch, daß ich ein Messer schärfte zum Gemüseschneiden und daß der Blick des Griechen, der hereinbrach, zugleich mit meinem Blick auf diesem Messer lag. Dann sahen wir uns an. Er hatte mich verstanden. Er rührte mich nicht an. Nahm, um das Gesicht zu wahren, die Ziege mit, die Anchises geschnitzt hatte und die in einer Wandvertiefung stand. Als nach Wochen in Myrine das Bewußtsein von dem, was geschehen war, erwachte, konnte sie sich nicht verzeihen, daß sie gerettet war. Außer Penthesileas Namen sagte sie kein Wort. Ja, ich stöhne wieder, wie wir damals stöhnten, wenn wir den Namen dachten oder hörten. Myrine wich ihr in der Schlacht nicht von der Seite. Als Achill sich Penthesilea vornahm, haben fünf Männer Myrine festgehalten, ich sah die Blutergüsse unter ihrer Haut. Andre Frauen, nicht Myrine, haben es uns erzählt. Achill war außer sich vor Staunen, als er im Kampf auf Penthesilea traf. Er begann mit ihr zu spielen, sie stieß zu. Achill soll sich geschüttelt haben, er glaubte wohl, nicht bei Verstand zu sein. Ihm mit dem Schwert begegnen – eine Frau! Daß sie ihn zwang, sie ernst zu nehmen, war ihr letzter Triumph. Sie kämpften lange, alle Amazonen waren von Penthesilea abgedrängt. Er warf sie nieder, wollte sie gefangennehmen, da ritzte sie ihn mit dem Dolch und zwang ihn, sie zu töten. Dafür, wenn für irgendetwas, sei den Göttern Dank.

Was dann kam, seh ich vor mir, als wär ich dabeigewesen. Achill der Griechenheld schändet die tote Frau. Der Mann, unfähig, die Lebendige zu lieben, wirft sich, weiter tötend, auf das Opfer. Und ich stöhne. Warum. Sie hat es nicht gefühlt. Wir fühlten es, wir Frauen alle. Was soll werden, wenn das um sich greift. Die Männer, schwach, zu Siegern hochgeputscht, brauchen, um sich überhaupt noch zu empfinden, uns als Opfer. Was soll da werden. Selbst die Griechen spürten, hier war Achill zu weit gegangen. Und gingen weiter, um ihn zu bestrafen: Schleiften die Tote, um die er nun weinte, mit Pferden übers Feld und warfen sie in den Fluß. Die Frau schinden, um den Mann zu treffen.

Ja. Ja. Ja. Ein Untier war los und raste durch die Lager. Weißäugig, mit entstellten Zügen, raste dem Pulk voran, der Penthesileas Leiche trug und sich auf dem Weg vom Fluß her, wo sie sie herausgezogen hatten, immer mehr vergrößerte. Amazonen, Troerinnen, alles Frauen. Ein Zug zu keinem Ort, den es auf Erden gibt: dem Wahnsinn zu. Kein Grieche ließ sich blicken. Als sie zum Tempel kamen, wo ich den Dienst versah, waren sie nicht mehr kenntlich. Menschenunähnlich, wie die Leiche war, wurden ihre Begleiterinnen. Ich rede nicht von dem Geheul. Sie warn am Ende, und sie wußten es, aber der Bereich, in dem man weiß, war durch das Wissen ausgelöscht. Ihr Wissen war in ihrem Fleisch, das unerträglich schmerzte – das Geheul! –, in ihren Haaren, Zähnen, Fingernägeln, in Mark und Bein. Sie litten über jedes Maß, und solches Leiden hat sein Gesetz in sich. Alles, was daraus entsteht, fällt auf die zurück, die es verursacht haben; so sprach ich später, vor dem Rat. Damals, angesichts der Frauen, angesichts der Leiche brach eine Qual in mir auf, die mich, was immer noch geschah, nicht mehr verließ. Ich lernte wieder lachen, ungeglaubtes Wunder, doch die Qual war da. Wir sind am Ende.

Sie legten Penthesilea unter eine Weide. Ich sollte die Totenklage für sie beginnen. Das tat ich, leise, mit gebrochner Stimme. Die Frauen, die im Kreis standen, fielen schrill mit ein. Begannen sich zu wiegen. Wurden lauter, zuckten. Eine warf den Kopf, die andern folgten. Krampfhaft zogen die Körper sich zusammen. Eine taumelte in den Kreis, neben der Leiche begann sie zu tanzen, stampfend, die Arme schleudernd und sich schüttelnd. Ohrenbetäubend wurde das Gekreisch. Die Frau im Kreis verlor die Selbstkontrolle. Schaum trat ihr vor den Mund, der sperrweit aufgerissen war. Zwei, drei, vier andre Frauen waren, ihrer Glieder nicht mehr mächtig, an dem Punkt, da höchster Schmerz und höchste Lust sich treffen. Ich spürte, wie der Rhythmus auf mich überging. Wie in mir der Tanz anfing, eine heftige Versuchung, nun, da nichts mehr helfen konnte, alles, auch mich selber aufzugeben und aus der Zeit zu gehn. Meine Füße gingen lieber aus der Zeit, so hieß der

Rhythmus, und ich war dabei, mich ihm ganz zu ergeben. Sollte die Wildnis wieder über uns zusammenschlagen. Sollte das Ungeschiedne, Ungestaltete, der Urgrund, uns verschlingen. Tanze, Kassandra, rühr dich! Ja, ich komme. Alles in mir drängte zu ihnen hin.

Doch da erschien der unglückselge Panthoos. Weg! schrie ich, und zugleich schrie eine Troerin: Ein Grieche! Der Rhythmus fiel in sich zusammen. Scharf, todnüchtern rasten in mir Pläne, ihn zu retten. Die Frauen ablenken, den Mann verstecken. Zu spät. Eumelos! Nicht da. Warum nicht. Die Sehergabe! Jetzt, Apoll, laß deine Priestrin nicht im Stich, damit dein Priester durchkommt. Ich hob die Arme, schloß die Augen, schrie, so laut ich konnte: Apollon! Apollon! Panthoos hatte sich schon zur Flucht gewendet. Hätte er gestanden! Mag sein, die Frauen wären mir, nicht ihm gefolgt. Sekundenlang war eine Totenstille. Dann dieser Schrei, Mord- und Verzweiflungsschrei. Sie überrannten mich. Für tot lag ich neben der toten Penthesilea. Schwester. Daß du nicht hören kannst, das neid ich dir. Ich hörte. Das Trommeln der Verfolgerschritte. Ihren Stillstand. Das Zischen, das Iltiszischen. Wie Holz auf Fleisch schlägt. Wie ein Schädel knackt. Und dann die Stille. Penthesilea. Laß uns tauschen. He. Liebchen. Nichts ist süßer als der Tod. Komm, Freund, und steh mir bei. Ich kann nicht mehr.

Ich sei sehr leicht gewesen, sagte Aineias später. Nein, es habe ihm nichts ausgemacht, mich so weit zu tragen. Daß ich ihn »Freund« genannt und jemanden ganz andern damit meinte, habe ihm weh getan. Er schwor sich, mich nicht mehr allein zu lassen. Er hat den Schwur gehalten, wann er konnte. Zuletzt habe ich ihn davon freigesprochen.

So kam ich zu den Frauen in den Höhlen, auf Aineias' Armen. Dich mußte man hertragen, haben sie mir später scherzhaft vorgeworfen. Sonst kamst du nicht.

Sonst wär ich nicht gekommen? Aus Hochmut nicht? Ich weiß nicht. Schien sich nicht noch einmal alles zu wiederholen? Aus jener frühen Zeit des Wahnsinns? Mein Lager. Die dunklen Wände. Statt des Fensters ein heller Schein vom Eingang her. Arisbe, hin und wieder. Oinone, beinah immer. Hände wie ihre gibt es sonst nicht auf der Welt. Nein, wahnsinnig war ich nicht, Beschwichtigung war, was ich brauchte. Ruhe, die nicht Grabesruhe war. Lebendge Ruhe. Liebesruhe.

Sie hinderten mich nicht, daß ich vollkommen in mir selbst verschwand. Nicht sprach. Kaum aß. Mich beinahe nicht bewegte. Zuerst nicht schlief. Mich den Bildern überließ, die sich in meinem Kopf fest eingefressen hatten. Zeit muß vergehen, hörte ich Arisbe sagen. Was sollte diese Zeit mir nützen. Die Bilder wurden blasser. Stundenlang, glaube ich, strich Oinones leichte Hand mir über meine Stirn. Dazu ihr Murmeln, das ich nicht verstand, nicht zu verstehen brauchte. Ich schlief ein. Aineias saß bei mir, ein Feuer brannte, die Suppe, die Marpessa brachte, war eine Götterspeise. Niemand schonte mich. Niemand tat sich meinetwegen Zwang an. Anchises, der auch hier zu leben schien, sprach laut wie eh und je und ließ die Höhle von seinem Lachen dröhnen. Gebrechlich wurde nur sein Körper, nicht sein Geist. Er brauchte Widersacher, suchte sich Arisbe, fing an, mit ihr zu streiten, meinte aber mich. Arisbe, mit ihrer Trompetenstimme, dem starren Pferdehaar, dem rotgeäderten Gesicht, gab ihm Bescheid. Das Feuer flackerte die Wände hoch, was waren das für Steine. Ich sagte und war selbst verwundert, wie natürlich meine Stimme klang: Was sind denn das für Steine. Da entstand ein Schweigen, in das meine Stimme paßte; nun hatte sie genau den Raum gefunden, der für sie vorgesehen war.

Was das für Steine waren? Ja sah ich die erst heute? Sie

warfen trockne Scheite auf das Feuer, daß ich Licht bekam. Figuren? Ja. Vor undenklichen Zeiten aus dem Stein gehauen. Frauen, wenn ich recht sah. Ja. Eine Göttin in der Mitte, andre, die ihr opfern. Ich erkannte sie jetzt. Blumen lagen vor dem Stein, Wein, Gerstenähren. Killa sagte ehrfürchtig: Kybele. Ich sah Arisbe lächeln.

Abends saß sie bei mir, als die andern schliefen. Wir sprachen rückhaltlos, freundlich und sachlich. Killa, sagte Arisbe, brauche es, den Stein mit einem Namen zu belegen. Die meisten brauchten es. Artemis, Kybele, Athene, wie auch immer. Nun, sollten sie es halten, wie sie wollten. Allmählich würden sie vielleicht die Namen, ohne es selbst zu merken, als Gleichnis nehmen. – Du meinst, die Steine stehn für etwas anderes. – Natürlich. Flehst du zum Apoll aus Holz? – Lange schon nicht mehr. Aber wofür stehn die Bilder? – Das fragt sich. Für das, was wir in uns nicht zu erkennen wagen, so scheint es mir. Was ich darüber denke, berede ich mit den wenigsten. Wozu die anderen verletzen. Oder stören. Zeit, wenn wir die hätten.

Auf einmal merkte ich, daß mir mein Herz sehr weh tat. Ich würde wieder aufstehn, morgen schon, mit wiederbelebtem Herzen, das der Schmerz erreichte.

Du meinst, Arisbe, der Mensch kann sich selbst nicht sehen.

– So ist es. Er erträgt es nicht. Er braucht das fremde Abbild.

– Und darin wird sich nie was ändern? Immer nur die Wiederkehr des Gleichen? Selbstfremdheit, Götzenbilder, Haß? – Ich weiß es nicht. Soviel weiß ich: Es gibt Zeitenlöcher. Dies ist so eines, hier und jetzt. Wir dürfen es nicht ungenutzt vergehen lassen.

Da, endlich, hatte ich mein »Wir«.

Nachts träumte ich, nach so vielen traumlos wüsten Nächten. Farben sah ich. Rot und Schwarz, Leben und Tod. Sie durchdrangen einander, kämpften nicht miteinander, wie ich es, sogar im Traum, erwartet hätte. Andauernd ihre Gestalt verändernd, ergaben sie andauernd neue Muster, die unglaublich schön sein konnten. Sie warn wie Wasser, wie ein Meer. In seiner Mitte sah ich eine helle Insel, der ich, im Traum – ich flog ja; ja, ich flog! – schnell näherkam. Was war dort. Was für ein Wesen. Ein Mensch? Ein Tier? Es leuchtete, wie nur Aineias in den Nächten leuchtet. Welche Freude. Dann Absturz, Windzug, Dunkelheit, Erwachen. Hekabe die Mutter. Mutter, sagte ich. Ich träume wieder. – Steh auf. Komm mit. Du wirst gebraucht. Sie hören nicht auf mich.

Also konnte ich nicht bleiben? Hier, wo mir wohl war. War ich denn gesund! Killa hängte sich an mich, bettelte: Bleib doch! Ich sah Arisbe an; Anchises. Ja, ich mußte gehn.

Hekabe führte mich geraden Weges in den Rat. Nein. Falsch. In jenen Saal, in dem früher Rat gehalten wurde. Wo jetzt, von König Priamos geleitet, Verschwörer beieinanderhockten. Sie wiesen uns zurück. Hekabe erklärte, alle Folgen, die daraus entstünden, daß man uns jetzt nicht einließ, hätten sie selbst zu tragen. Allen voran der König. Der Bote kam zurück: Wir sollten kommen. Aber nur kurz. Man habe keine Zeit. Immer, solange ich denken kann, war im Rat für wichtige Fragen keine Zeit.

Zuerst konnte ich nicht hören, weil ich den Vater sah. Ein verfallner Mann. Kannte er mich? Dämmerte er dahin?

Es ging also um Polyxena. Nein, um Troia. Nein, um Achill das Vieh. Es ging darum, daß Polyxena den Achill in unsern Tempel locken sollte. In den Tempel des thymbraischen Apoll. Unter dem Vorwand, sich ihm zu vermählen. In meinem Kopfe jagten sich Vermutungen. Vermählen? Aber – Keine Sorge. Nur zum Schein. In Wirklichkeit –

Ich glaubte meinen Ohren nicht zu trauen. In Wirklichkeit würde unser Bruder Paris hinter dem Götterbild, wo er

145

verborgen war, hervorbrechen (hervorbrechen! So sprach Paris selbst!), und er würde Achill da treffen, wo er verletzlich war: an der Ferse. Wieso gerade dort. – Er hatte seinen wunden Punkt der Schwester Polyxena anvertraut. – Und Polyxena? – Spielte mit. Natürlich. Die? sagte Paris frech. Die freut sich drauf.

Das bedeutet, ihr verwendet Polyxena als Lockvogel für Achill.

Breites Grinsen: Du hasts erfaßt. So ist es. Ohne Schuhe, das ist die Bedingung, die sie ihm genannt, wird Achilles in den Tempel kommen.

Rundum Gelächter.

Allein?

Was denkst du denn. Allein. Und wird den Tempel lebend nicht verlassen.

Und Polyxena? Wird ihn dort allein erwarten?

Wenn du von Paris absiehst, sagte Eumelos. Und von uns natürlich. Aber wir stehn draußen.

Und Achill wird also Polyxena dort umarmen.

Zum Schein. Wenn er genügend abgelenkt ist – Lachen –, trifft ihn Paris' Pfeil.

Gelächter.

Und Polyxena ist damit einverstanden.

Einverstanden? Sie ist gierig drauf. Eine wahre Troerin.

Aber warum ist sie nicht hier.

Hier geht es um Einzelheiten. Die sie nichts angehn. Um die kühle Planung. Die sie als Frau nur durcheinanderbrächte.

Ich schloß die Augen, und ich sah die Szene. Mit allen Einzelheiten. Hörte Polyxenas Lachen. Sah den Mord im Tempel – Achill als Leiche, ach! wer lechzte nicht nach diesem Anblick! –, der an Polyxena hängenbliebe.

Ihr benutzt sie.

Wen denn?

Polyxena.

Aber bist du nicht imstande zu begreifen! Um sie geht es nicht. Es geht uns um Achill.

Das ist es, was ich sage.

Da sprach der Vater, der bis jetzt geschwiegen hatte: Schweig, Kassandra. – Zornig, böse. – Ich sagte: Vater –

Komm mir nicht mehr mit »Vater«. Viel zu lange ließ ich dich gewähren. Gut, dachte ich, sie ist empfindlich. Gut, sie sieht die Welt nicht, wie sie ist. Sie schwebt ein bißchen in den Wolken. Nimmt sich wichtig, das tun Frauen gern. Ist verwöhnt, kann sich nicht fügen. Überspannt. Bildet sich was ein. Worauf denn, Tochter. Kannst du mir das sagen? Immer die Nase hoch? Und mit dem Mundwerk vorneweg? Und die verachten, die für Troia kämpfen? Ja kennst du unsre Lage überhaupt. Und wenn du diesem unsern Plan, Achill, den schlimmsten Feind, zu töten, jetzt nicht zustimmst – weißt du, wie ich das nenne? Feindbegünstigung.

So eine Stille um mich, in mir. Wie jetzt. Wie hier.

Der Vater sagte noch, sofort solle ich den Plänen, die zur Verhandlung stünden, nicht nur zustimmen; ich solle mich verpflichten, über sie zu schweigen und, wenn sie ausgeführt, sie gegen jedermann ausdrücklich zu verteidigen.

Dies also war, doch unverhofft, der Augenblick, den ich gefürchtet hatte. Unvorbereitet war ich nicht, warum war es so schwer. Hastig, unheimlich schnell erwog ich, daß sie im Recht sein könnten. Was heißt im Recht. Daß das Recht – Polyxenas Recht, mein Recht – gar nicht zur Sprache stand, weil eine Pflicht, die, unsern schlimmsten Feind zu töten, das Recht verschlang. Und Polyxena? Sie ging zugrund, daran war nicht zu zweifeln. Sie war schon aufgegeben.

Nun, Kassandra. Nicht wahr, du bist vernünftig.

Ich sagte: Nein.

Du stimmst nicht zu?

Nein.

Aber du wirst schweigen.

Nein, sagte ich. Angstvoll umfaßte Hekabe die Mutter meinen Arm. Sie wußte, was jetzt kam, ich auch. Der König sagte: Nehmt sie fest.

Die Hände wieder, die mich packten, nicht zu hart, nur soviel, um mich abzuführen. Männerhände eben. Keine Erlösung durch Ohnmacht oder durch Gesichte. Im Weggehn drehte ich mich um, mein Blick traf Bruder Paris. Er wollte nicht schuld sein, aber was sollte er denn machen. Hatten sie ihn nicht wegen seines Fehlers mit Helena für immer in der Hand? Schwach, Bruder, schwach. Ein Schwächling. Übereinstimmungssüchtig. Sieh dich bloß im Spiegel an. – Mit diesem letzten Blick durchschaute ich ihn ganz, und er sich auch, doch das ertrug er nicht. Eilfertiger als jeder andre trieb er die Wahnsinnstat, die nicht mehr aufzuhalten war, voran. Als Achillbezwinger soll er sich dann gespreizt vor Volk und Truppe haben vorführn lassen. Paris, unser Held! Das konnte seine Selbstverachtung nicht mindern, die unheilbar war.

Mich haben sie bei tiefster Dunkelheit in aller Stille an einen Ort geführt, der mir schon immer unheimlich und bedrohlich war: das Heldengrab. So hieß es bei uns, und wir Kinder haben es für unsre Mutproben gebraucht. Es lag abseits, in einem vorgeschobenen und verlassenen Teil der Festung, dicht an der Mauer, manchmal hörte ich, als mein Ohr unglaublich geschärft war, wie die Wachen patrouillierten. Die wußten nicht, daß ich da unten saß, es wußte keiner, außer den beiden Eumelos-Vertrauten, die mich hergeschleppt (ja, Andron war dabei, der schöne Andron), und jenen beiden wüsten Weibern, die mir zu essen brachten. Figuren wie die zwei hatt ich in Troia nie gesehn. Aus dem untersten Grund, dorther, wohin die sinken, die sich aufgegeben haben, mußte jemand diese beiden, extra für mich, herausgelangt haben. Strafverschärfend, meinte ich zuerst, und ertappte mich sogar bei dem unsinnigen Gedanken: Wenn das der Vater wüßte –. Bis die Stimme der Vernunft in mir ironisch fragte: Was dann? Käm ich dann hier raus? Brächten sie andre Weiber? Beßres Essen?

Nein.

Unaufhörlich, von der ersten Stunde an, arbeitete ich an dem Weidengeflecht, mit dem die runde Höhlung, in deren Mitte ich knapp stehen konnte, ausgekleidet war. Wie jetzt fand ich eine dünne lockere Gerte, zog sie – ach! Stunden, vielleicht Tage hat es mich gekostet – aus dem Flechtwerk, und ging daran – wie ich es jetzt seit mehr als einer Stunde tue (doch der Weidenkorb, in dem ich sitze, ist neuer, sein Geflecht nicht so vermodert und verfilzt) –, gehe daran, sie ganz und gar, soweit sie eben reicht, herauszulösen. Verfiel, verfalle in einen Eifer, als hinge mein Leben davon ab. Zuerst, als ich zu meinem Glück noch wie betäubt und fühllos war (dies konnte man mir doch nicht antun; mir doch nicht; doch nicht der Vater), da hielt ich mich noch für lebendig eingegraben; denn ich wußte ja nicht, wo ich war, und den Einschlupf, durch den man mich hereingelassen, hatte man, wie ich hörte, hinter mir sorgfältig zugemauert. Dieser Gestank, der mich anfiel. Das gab es nicht. Wo war ich. Wie lange braucht ein Mensch, bis er verhungert. Ich kroch im Staub umher – was, Staub; ekelhafter Moder. War mein Behältnis rund? Rund und mit Weidengeflecht ausgekleidet und, da es keinen Lichtstrahl durchließ, auch nicht, als Tag und Nacht und wieder Tag doch wohl vorüber waren, wahrscheinlich außen dick mit Lehm beworfen. So dacht ichs mir. Und hatte recht. Schließlich fand ich Knochen und wußte, wo ich war. Jemand winselte: Jetzt nicht den Verstand verlieren, jetzt nicht –. Meine Stimme.

Ich blieb bei Verstand.

Nach einer langen Zeit dann dieses Schaben. Diese Klappe, die sich – ich sah ja nichts! mühsam hab ichs herausgefunden – in Bodennähe öffnete. Der Napf, der hereingeschoben wurde, den ich umwarf, indem ich nach ihm tastete (das Wasser umwarf!), dann der Gerstenfladen. Dazu zum erstenmal das unflätige Gekreisch des einen dieser Weiber. Das war die Unterwelt. Doch ich war nicht begraben. Sollte nicht Hungers sterben. War ich enttäuscht?

Ich brauchte nur die Nahrung zu verweigern.

Es wäre leicht gewesen. Kann sein, sie hatten es erwartet. Nach zwei, drei Tagen, glaub ich, fing ich an zu essen. Und in den langen Zwischenzeiten – ich schlief kaum – zerrte, zupfte, bog und riß ich an der Weide. Etwas, das stärker war als alles, riß an mir. Ich dachte viele Tage nur das eine: Einmal muß es doch vorüber sein.

Was denn.

Ich weiß noch: Plötzlich hielt ich ein, saß lange ohne mich zu rühren, von der Einsicht wie vom Blitz getroffen: Das ist der Schmerz.

Es war der Schmerz, den ich doch zu kennen glaubte. Jetzt sah ich: Bisher hatte er mich kaum gestreift. Wie man den Felsen nicht erkennt, der einen unter sich begräbt, und nur die Wucht des Anpralls spürt, so drohte mich der Schmerz um den Verlust all dessen, was ich »Vater« nannte, zu erdrücken. Daß ich ihn nennen konnte, daß er auf den Namen hörte, gab mir einen Hauch von Luft. Einmal mußte er doch vorübergehn. Ewig hält sich nichts. Dies war der zweite Hauch von Erleichterung, obwohl, Erleichterung ist schon zu viel gesagt. Es gibt einen Schmerz, der nicht mehr weh tut, weil er alles ist. Luft. Erde. Wasser. Jeder Bissen. Und jeder Atemzug, jede Bewegung. Nein, es ist unbeschreiblich. Ich sprach nie darüber. Niemand fragte mich danach.

Die Weide. Jetzt hab ich sie losgemacht. Jetzt hab ich sie in der Hand. Jetzt wird es nicht mehr lange dauern. Ich versteck sie. Niemand wird sie finden. Der Baum, von dem sie abgeschnitten wurde, wuchs am Fluß Skamander. Als der Schmerz mich losließ, fing ich an zu sprechen. Mit den Mäusen, die ich fütterte. Mit einer Schlange, die in einer Höhlung lebte und sich mir um den Hals schlang, wenn ich schlief. Dann mit dem Lichtstrahl, der durch die winzige Öffnung, aus der die Weidengerte ausgebrochen war, hereindrang. Das Pünktchen Licht gab mir den Tag zurück. Dann sprach ich, was sie gar nicht kannten, mit den Weibern. Sie warn der Auswurf Troias, während ich, über jedes Maß bevorzugt, über ihnen im Palast gewandelt war. Ihre rüde Schadenfreude war verständlich. Ich merkte, daß sie mich nicht verletzen konnten. Sie merktens auch. O, was für Wörter sie mich lehrten. Sie spuckten nach mir, aus dem Schacht heraus, durch den sie auf dem Bauche krochen, um mir durch diese Luke den Fraß zuzuschieben, auf den ich, je länger man mich festhielt, um so gieriger schon wartete. Ich wußte nicht, ob sie mich überhaupt verstanden. Ich erfragte ihre Namen. Gellendes Gelächter. Ich sagte meinen. Höhnisches Gekreisch. Die eine, jüngere, wenn ich der Stimme trauen konnte, spuckte mir in den Wassernapf. Ich mußte lernen, daß nicht jeder Mensch, den man zum Tier herabgewürdigt hatte, imstande ist, den Weg zurück zu gehn. Die Weiber wurden mir gefährlicher als vorher. Ich fing an, vor ihnen Angst zu haben.

Eines Tages schabte die Klappe außerhalb der Essenszeit. Vergeblich wartete ich auf Gekreisch. Eine gepflegte Männerstimme – das gab es! – sprach zu mir. Andron. Der schöne Andron. Hier, Kassandra. Als begegneten wir uns an der Tafel im Palast. Komm her. Nimm das. Was gab er mir da. Etwas Hartes, Scharfes. Mit fliegenden Fingern tastete ich es ab. Erkannte ich es? O, diese schöne Stimme, triumphgeschwellt. Ja: Es war das Schwertgehänge des Achilles. An das man, wie ich mir denken könne, nur herankam, wenn man seinen Träger getötet hatte. Ja: Alles war nach Plan verlaufen. Ja: Der Griechenheld Achill war tot.

Und Polyxena? Bitte! Polyxena!

Knapp, allzu knapp: Sie lebt.

Die Klappe fiel, ich blieb allein, jetzt kam das schwerste. Achill das Vieh war tot. Der Anschlag war geglückt. Wäre es nach mir gegangen, das Vieh wär noch am Leben. Sie hatten recht behalten. Wer Erfolg hat, behält recht. Aber hatte ich nicht von Anfang an gewußt, daß ich nicht im Recht war? So. Also hatte ich mich einsperren lassen, weil ich zu stolz war, ihnen nachzugeben?

Nun, ich hatte Zeit. Ich konnte Wort für Wort und Schritt für Schritt, Gedanke um Gedanke den Fall noch einmal durchgehn. Zehn-, hundertmal habe ich vor Priamos gestanden, hundertmal versucht, auf sein Gebot, ihm zuzustimmen, mit Ja zu antworten. Hundertmal habe ich wieder nein gesagt. Mein Leben, meine Stimme, mein Körper gaben keine andre Antwort her. Du stimmst nicht zu? Nein. Aber du wirst schweigen. Nein. Nein. Nein. Nein.

Sie hatten recht, und mein Teil war, nein zu sagen.

Endlich, endlich verstummten diese Stimmen. Einmal hab ich in meinem Korb vor Glück geweint. Das jüngere der Weiber schob auf dem Gerstenfladen etwas herein, das meine Finger gleich erkannten, noch eh mein Kopf den Namen formen konnte: Anchises! Holz! Eins seiner Tiere. Ein Schaf? Ein Lämmchen? Draußen sah ich dann: Es war ein kleines Pferd. Myrine schickte es. Sie hat, ich weiß nicht, wie, das junge Wächterweib beredet. Das, übrigens, hat mich seitdem nicht wieder angebellt. Ach ich vergaß zu essen über dem Stückchen Holz. Sie wußten, wo ich war. Sie hatten mich nicht vergessen. Ich würde leben und bei ihnen sein. Wir würden uns nicht mehr verlieren, bis, was nicht mehr aufzuhalten war, geschah, der Untergang von Troia.

So kam es auch. Als ich heraus war, lebte ich lange, weil ich kein Licht vertrug, mit den Händen vor den Augen, und am liebsten in den Höhlen. Myrine, die nicht von mir wich, hat mich gezwungen, nach und nach ins Licht zu sehen. Bis auf das letzte Mal sprachen wir nicht von Penthesilea, nicht von ihren eignen Wunden. Ich sah sie nackt. Sie war von Narben überdeckt. Meine Haut war glatt, bis jetzt, zum Ende. Ich hoffe, sie verstehn ihr Handwerk, dann genügt ein Schnitt. Das war die Zeit, da durfte mich nur eine Frau berühren. Aineias kam, er saß bei mir, er streichelte die Luft über meinem Kopf. Ich liebte ihn mehr als mein Leben. Er lebte nicht bei uns, wie manche jungen Männer, die an Körper oder Seele durch den Krieg beschädigt waren. Sie kamen wie die Schatten, unser pralles Leben gab ihnen Farbe, Blut, auch Lust zurück. Wenn ich die Augen schließe, sehe ich die Bilder. Den Idaberg in wechselnder Beleuchtung. Die Hänge mit den Höhlen. Den Skamander, seine Ufer. Das war uns die Welt, schöner kann keine Landschaft sein. Die Jahreszeiten. Der Geruch der Bäume. Und unser ungebundnes Dasein, eine neue Freude jeder neue Tag. Bis hierher reichte die Zitadelle nicht. Sie konnten nicht zugleich den Feind und uns bekämpfen. Sie ließen uns, nahmen von uns die Früchte, die wir ernteten, die Stoffe, die wir webten. Wir lebten selber arm. Wir sangen viel, kann ich mich erinnern. Redeten viel, abends am Feuer in Arisbes Höhle, in der die Wandfigur der Göttin wie lebendig war. Killa und andre Frauen beteten zu ihr und legten Opfergaben nieder. Niemand hinderte sie daran. Wir drängten denen, die eine feste Hoffnung brauchten, nicht unser

Wissen auf, daß wir verloren waren. Doch unsre Heiterkeit, die niemals ihren dunklen Untergrund verlor, war nicht erzwungen. Wir hörten nicht auf, zu lernen. Jede gab der anderen von ihrem ganz besonderen Wissen ab. Ich lernte Töpfe machen, Tongefäße. Ich erfand ein Muster, mit dem ich sie bemalte, schwarz und rot. Wir erzählten uns unsre Träume, viele staunten, wieviel sie uns verraten. Oft aber, eigentlich am meisten, redeten wir über die, die nach uns kämen. Wie sie wären. Ob sie uns noch kennten. Ob sie, was wir versäumt, nachholen würden, was wir falsch gemacht, verbessern. Wir zerbrachen uns die Köpfe, wie wir ihnen eine Botschaft hinterlassen könnten, doch wir waren der Schrift nicht mächtig. Wir ritzten Tiere, Menschen, uns, in Felsenhöhlen, die wir, eh die Griechen kamen, fest verschlossen. Wir drückten unsre Hände nebeneinander in den weichen Ton. Das nannten wir, und lachten dabei, uns verewigen. Es wurde daraus ein Berührungsfest, bei dem wir, wie von selbst, die andere, die anderen berührten und kennenlernten. Wir waren gebrechlich. Da unsre Zeit begrenzt war, konnten wir sie nicht vergeuden mit Nebensachen. Also gingen wir, spielerisch, als wär uns alle Zeit der Welt gegeben, auf die Hauptsache zu, auf uns. Zwei Sommer und zwei Winter.

Im ersten Winter schickte Hekabe, die manchmal kam und still dasaß, uns Polyxena. Sie hatte den Verstand verloren. Sie war irr geworden vor Angst. Wir fanden heraus, daß sie nur Weiches um sich ertrug, leichte Berührung, Dämmerlicht, gedämpfte Töne. Achill, erfuhren wir, hatte sterbend, im Tempel, Odysseus das Versprechen abgenommen, Polyxena, die ihn verraten hatte, nach der Griechen Sieg auf seinem Grab zu opfern. Ihr Antlitz war zerstört, doch wenn sie ganz von ferne eine Flöte hörte, konnte sie lächeln.

Im ersten Frühling schickte Priamos nach mir. Ich ging und merkte, in den Straßen Troias kannte man mich nicht. Das war mir recht. Der Vater, der Gewesenes mit keinem Wort erwähnte, teilte trocken mit, da sei ein neuer möglicher Verbündeter, wie hieß er doch: Euryplos. Mit einer frischen Truppe, nicht zu verachten. Doch der wollte, wenn er mit uns kämpfen sollte, mich zur Frau.

Wir schwiegen etwas, dann wollte der König wissen, was ich dazu sage. Ich sagte: Warum nicht. Der Vater weinte schwächlich. Zornig hatte ich ihn lieber. Euryplos kam, es gab schlimmere. Er fiel am Tage nach der ersten Nacht mit mir, in einem der Verlegenheitsgefechte, die die Griechen führten, weil sie die Stadt nicht nehmen konnten. Ich ging wieder zum Skamandros, niemand verlor ein Wort über mein kurzes Wegsein. Im letzten Kriegsjahr war kaum eine Frau in Troia schwanger, neidisch, mitleidig, traurig besahen viele meinen Bauch. Als die Zwillinge geboren wurden – es war schwer, ich lag in Arisbes Höhle, einmal rief ich zur Göttin: Kybele hilf! – hatten sie viele Mütter. Und Aineias war ihr Vater.

Alles, was man erleben muß, habe ich erlebt.

Marpessa legt mir ihre beiden Hände an den Rücken. Ja, ich weiß. Bald kommen sie. Einmal will ich dieses Licht noch sehen. Das Licht, das ich gemeinsam mit Aineias sah, sooft wir konnten. Das Licht der Stunde, eh die Sonne untergeht. Wenn jeder Gegenstand aus sich heraus zu leuchten anfängt und die Farbe, die ihm eigen ist, hervorbringt. Aineias sagte: Um sich vor der Nacht noch einmal zu behaupten. Ich sagte: Um den Rest von Licht und Wärme zu verströmen und dann Dunkelheit und Kälte in sich aufzunehmen. Wir mußten lachen, als wir merkten, daß wir im Gleichnis sprachen. So lebten wir, in der Stunde vor der Dunkelheit. Der Krieg, unfähig sich noch zu bewegen, lag schwer und matt, ein wunder Drachen, über unsrer Stadt. Seine nächste Regung mußte uns zerschmettern. Ganz plötzlich, von einem Augenblick zum andern, konnte unsre Sonne untergehn. Liebevoll und genau haben wir ihren Gang an jedem unsrer Tage, die gezählt waren, verfolgt. Mich erstaunte, daß eine jede von den Frauen am Skamander, so sehr verschieden wir auch voneinander waren, fühlte, daß wir etwas ausprobierten. Und daß es nicht darauf ankam, wieviel Zeit wir hatten. Oder ob wir die Mehrzahl unsrer Troer, die selbstverständlich in der düstern Stadt verblieben, überzeugten. Wir sahn uns nicht als Beispiel. Wir waren dankbar, daß gerade wir das höchste Vorrecht, das es gibt, genießen durften, in die finstere Gegenwart, die alle Zeit besetzt hält, einen schmalen Streifen Zukunft vorzuschieben. Anchises, der nicht müde wurde, uns vorzuhalten, das sei immer möglich; der zusehends schwächer wurde und nicht mehr an seinen Körben weiterflechten konnte; oft liegen mußte, aber weiter Lehren austeilte, die beweisen sollten, daß der Geist dem Körper über ist; der weiter mit Arisbe stritt, die er Große Mutter nannte (sie war noch massiger geworden, hüftlahm, überbrückte mit ihrer Trompetenstimme die Entfernung, die sie nicht mehr laufen konnte) – Anchises war es, glaube ich, der von ganzem Herzen unser Leben in den Höhlen liebte, ohne Vorbehalt, ohne Trauer und Bedenken. Der sich einen Traum erfüllte und uns Jüngre lehrte, wie man mit beiden Beinen auf der Erde träumt.

Dann war es vorbei. Ich erwachte eines Mittags unter der Zypresse, unter der ich oft die heiße Tageszeit verbrachte, mit dem Gedanken: Trostlos. Wie alles trostlos ist. Das Wort kam wieder, riß in mir jedesmal den Abgrund auf.

Dann kam ein Bote zu Oinone: Paris sei verwundet. Verlange nach ihr. Sie müsse ihn retten. Wir sahen zu, wie sie den Korb mit Kräutern, Binden und Tinkturen richtete. Gebeugt, ihr schöner weißer Hals, der kaum den Kopf noch tragen konnte. Paris hatte sie ja von sich abgetan, als er die vielen Mädchen brauchte. Ein Gram um diesen Mann war in sie eingefressen, nicht ihretwegen, seinetwegen: Sie verwand nicht, wie er sich veränderte. Sie blieb, wie die Natur, im Wechsel immer gleich. Fremd kam sie zurück. Paris war tot. Die Tempelärzte hatten sie zu spät gerufen. Qualvoll, am Wundbrand, war er eingegangen. Wieder eine, dacht ich, die mit diesem starren Blick geschlagen ist. Ich, die Schwester, sollte zu Paris' Totenfeier kommen. Das tat ich, wollte Troia wiedersehn und fand ein Grab. Und Totengräber die Bewohner, alle; die nur noch lebten, um mit düsterm Pomp in jedem Toten sich selber zu bestatten. Die Begräbnisregeln, die die Priester immer mehr erweiterten und die peinlich einzuhalten waren, fraßen den Alltag auf. Gespenster trugen ein Gespenst zu Grabe. Unwirklicheres hatte ich nie gesehn. Und am schauerlichsten war die Gestalt des Königs, die, den verfallnen Leib in Purpur eingehüllt, von vier kräftigen jungen Kerlen vor dem Zug getragen wurde.

Es war vorbei. Am Abend, auf der Mauer, hatte ich die Unterhaltung mit Aineias, nach der wir uns trennten. Myrine wich nicht mehr von mir. Sicher ist es eine Täuschung, daß das Licht über Troia in den letzten Tagen fahl war. Fahl die Gesichter. Vage, was wir sagten.

Wir warteten.

Der Zusammenbruch kam schnell. Das Ende dieses Krieges war seines Anfangs wert, schmählicher Betrug. Und meine Troer glaubten, was sie sahn, nicht, was sie wußten. Daß die Griechen abziehn würden! Und dieses Monstrum vor der Mauer stehenließen, das alle Priester der Athene, der das Ding geweiht sein sollte, eilfertig »Pferd« zu nennen wagten. Also war das Ding ein »Pferd«. Warum so groß? Wer weiß. Ebenso groß wie die Ehrfurcht der geschlagnen Feinde vor Pallas Athene, die unsre Stadt beschützte.

Holt das Pferd herein.

Das ging zu weit, ich traute meinen Ohren nicht. Zuerst versuchte ich es sachlich: Seht ihr nicht, das Pferd ist viel zu groß für jedes unsrer Tore.

So erweitern wir die Mauer.

Jetzt rächte sich, daß sie mich kaum noch kannten. Der Schauder, der an meinem Namen hing, war schon verblaßt. Die Griechen haben ihn mir wieder angehängt. Die Troer lachten über mein Geschrei. Die ist verrückt. Los, brecht die Mauer auf! Nun holt doch schon das Pferd! Heftiger als jeder andre Trieb war ihr Bestreben, dies Siegeszeichen bei sich aufzustellen. So wie die Leute, die in irrem Taumel den Götzen in die Stadt beförderten, sahn keine Sieger aus. Ich fürchtete das schlimmste, nicht, weil ich den Plan der Griechen Zug um Zug durchschaute, sondern weil ich den haltlosen Übermut der Troer sah. Ich schrie, bat, beschwor und redete in Zungen. Zum Vater kam ich nicht, der sei unpäßlich.

Eumelos. Vor dem stand ich wieder. Sah das Gesicht, welches man von Mal zu Mal vergißt und das daher von Dauer ist. Ausdruckslos. Ehern. Unbelehrbar. Selbst wenn er mir glaubte – er würde sich den Troern nicht entgegenstellen. Sich vielleicht erschlagen lassen. Der überlebte nämlich. Und die Griechen würden ihn gebrauchen. Wohin wir immer kämen, dieser wär schon da. Und würde über uns hinweggehn.

Jetzt verstand ich, was der Gott verfügte: Du sprichst die Wahrheit, aber niemand wird dir glauben. Hier stand der Niemand, der mir hätte glauben müssen; der das nicht konnte, weil er gar nichts glaubte. Ein Niemand, der nicht glaubensfähig war.

Da habe ich den Gott Apoll verflucht.

Was in der Nacht geschah, die Griechen werden es erzählen, auf ihre Art. Myrine war die erste. Dann Schlag auf Schlag und Hieb auf Hieb und Stich auf Stich. Blut floß durch unsre Straßen, und der Jammerton, den Troia ausstieß, hat sich in meine Ohren eingegraben, ich habe ihn seitdem bei Tag und Nacht gehört. Nun wird man mich von ihm befrein. Als sie mich aus Angst vor Götterbildern später fragten: ob es denn wahr sei, daß Klein Aias mich an der Athene-Statue verge-waltigt hätte, habe ich geschwiegen. Es war nicht bei der Göttin. Es war im Heldengrab, in dem wir Polyxena zu verstecken suchten, die laut schrie und sang. Wir, ich und Hekabe, stopften ihr den Mund mit Werg. Die Griechen suchten sie, im Namen ihres größten Helden, des Viehs Achill. Und sie haben sie gefunden, weil ihr Freund, der schöne Andron, sie verriet. Gegen seinen Willen, brüllte er, aber was hätte er denn machen sollen, da sie ihn doch mit Tod bedrohten. Laut lachend hat Klein Aias ihn erstochen. Polyxena war auf einmal ganz bei Sinnen. Töte mich, Schwester, bat sie leise. Ach ich Unglückselige. Den Dolch, den Aineias mir am Ende aufgedrängt, hatte ich hochfah-rend weggeworfen. Nicht für mich, für die Schwester hätt ich ihn gebraucht. Als sie sie wegschleiften, war Klein Aias über mir. Und Hekabe, die sie festhielten, stieß Flüche aus, die ich noch nie gehört hatte. Eine Hündin, schrie Klein Aias, als er mit mir fertig war. Die Königin der Troer eine heulende Hündin.

Ja. So war es.

Und jetzt kommt das Licht.

Als ich mit Aineias auf der Mauer stand, zum letztenmal das Licht betrachten, kam es zwischen uns zum Streit. Daran zu denken, habe ich bis jetzt vermieden. Aineias, der mich nie bedrängte, der mich immer gelten ließ, nichts an mir biegen oder ändern wollte, bestand darauf, daß ich mit ihm ging. Er wollte es mir befehlen. Unsinnig sei es, sich in den Unter-gang hineinzuwerfen, der nicht aufzuhalten sei. Ich sollte

r sagte: unsre Kinder! – und die Stadt
on Troern habe sich dazu bereit-
gefunden, und nicht die schlechtesten. Mit Vorräten versehen
und bewaffnet. Und entschlossen, sich durchzuschlagen. Ein
neues Troia irgendwo zu gründen. Von vorne anzufangen.
Meine Anhänglichkeit in Ehren. Doch nun sei es genug.

Du mißverstehst mich, sagte ich zögernd. Nicht Troias
wegen muß ich bleiben, Troia braucht mich nicht. Sondern
um unsretwillen. Um deinet- und um meinetwillen.

Aineias. Lieber. Du hast mich verstanden, lange eh du's
zugabst. Es war ja klar: Allen, die überlebten, würden die
neuen Herren ihr Gesetz diktieren. Die Erde war nicht groß
genug, ihnen zu entgehn. Du, Aineias, hattest keine Wahl: Ein
paar hundert Leute mußtest du dem Tod entreißen. Du warst
ihr Anführer. Bald, sehr bald wirst du ein Held sein müssen.

Ja! hast du gerufen. Und? – An deinen Augen sah ich, du
hattest mich begriffen. Einen Helden kann ich nicht lieben.
Deine Verwandlung in ein Standbild will ich nicht erleben.
Lieber. Du hast nicht gesagt, das werde dir nicht passieren.
Oder: Ich könnte dich davor bewahren. Gegen eine Zeit,
die Helden braucht, richten wir nichts aus, das wußtest du so
gut wie ich. Du hast den Schlangenring ins Meer geworfen.
Du würdest weit, sehr weit gehen müssen, und was vorn ist,
würdest du nicht wissen.

Ich bleibe zurück.

Der Schmerz soll uns an uns erinnern. An ihm werden wir
uns später, wenn wir uns wiedertreffen, falls es ein Später
gibt, erkennen.

Das Licht erlosch. Erlischt.

Sie kommen.

Hier ist es. Diese steinernen Löwen haben sie angeblickt. Im
Wechsel des Lichts scheinen sie sich zu rühren.

160